À propos de *Alégracia et le Serpent d'Argent*

MEILLEUR LIVRE FRANCOPHONE CANADIEN
PUBLIÉ EN 2005

PRIX AURORA 2006
Décerné par l'association canadienne
de la science-fiction et du fantastique

« À lire immédiatement après Harry Potter! Coup de coeur! »

- La Tribune, Sherbrooke

« Une fois bien plongée dans l'histoire, tu ne voudras plus quitter cet univers. »

- Alexine

« ...c'est un très bon premier roman, qui devrait plaire au lectorat d'Amos Daragon et Les Chevaliers d'Émeraude : j'ai plus aimé Alégracia que les épisodes d'Amos ou des Chevaliers. »

- Brins d'Éternité, Trois-Rivières

et les Xayiris

Volume I

La saga d'Alégracia

Alégracia et le Serpent d'Argent
Éditions *Les Six Brumes,* 2005.

Alégracia et les Xayiris, Volume I
Éditions *Les Six Brumes,* 2006.

Alégracia et les Xayiris, Volume II
Éditions *Les Six Brumes,* 2007 (à venir).

Alégracia et le Dernier Assaut
Éditions *Les Six Brumes,* 2007 (à venir).

Les Six Brumes de la Société Secrète inc.
Case postale 187
Drummondville (Québec)
J2B 6W5
www.6brumes.com

Distribué au Québec par Diffusion Raffin

Mise en page : **Francis Renaud**
Illustration de couverture : **Jean-Sébastien Lessard**
Coloration de la couverture : **Dominic Bellavance**
Illustrations intérieures : **Tommy Vachon**
Révision : **Marie Laporte et Amélie Bibeau**

Communications : **Guillaume Houle**
communications@6brumes.com

ISBN : 2-9807342-7-6

Dépôt légal : 3e trimestre 2006
Bibliothèque nationale du Québec
Bibliothèque nationale du Canada

et les Xayiris

Volume I

Roman de fantasy

Dominic Bellavance

Résumé du tome précédent,
Alégracia et le serpent d'argent

Alégracia et le Serpent d'Argent raconte l'histoire d'une jeune fille, nommée Alégracia, qui vit au bord de la plage avec sa mère, Mosarie, et sa sœur jumelle, Sintara. Depuis leur naissance, les deux fillettes n'ont jamais pu franchir le territoire qui entoure leur demeure. Elles ont seulement pu côtoyer Kakimi, un vieux marchand, qui voyage à bord d'une caravane enchantée et qui apporte régulièrement des vivres à la famille, sans jamais rien demander en échange.

Un jour, Kakimi apprend à Alégracia qu'elle devra bientôt quitter sa demeure pour voyager au Drakanitt. Cette nouvelle attriste la fillette et, pour la consoler, le marchand lui offre un pendentif enchanté, dont l'aiguille pointe toujours vers le lieu où elle a vécu le bonheur le plus intense, c'est-à-dire chez elle.

Deux semaines passent, et Kakimi ne donne aucun signe de vie. Entre-temps, Alégracia décide de s'aventurer dans la cave, sous la chambre de Mosarie, pour y examiner les peintures. Elle passe devant le coffre de métal, dont l'ouverture est strictement interdite, et ne ressent pas encore le besoin d'en examiner l'intérieur. Ce n'est pas le cas de Sintara, toutefois. De justesse, Alégracia empêche sa sœur d'accéder aux secrets de sa mère.

La même journée, les deux jumelles vont jouer à cache-cache dans la forêt. Pendant qu'Alégracia compte du haut d'un rocher, elle aperçoit un pétale bleuté qui virevolte dans l'air. Elle l'empoigne et ressent aussitôt de la froideur dans sa main. Elle se rend compte qu'il s'agit d'un pétale provenant d'une fleur enchantée. Sintara convainc alors Alégracia de partir à la recherche de cette fleur. Cela implique bien sûr de désobéir à la loi imposée par leur mère, qui leur interdit de franchir le territoire autour de la maison. Le jumelles partent donc et, après avoir franchi un champ de bâtons d'illusions, découvrent cette fleur mystique dans la forêt. Sur le chemin du retour, elles se font pourchasser par des créatures sauvages, des Grignôles, qui parviennent à les capturer et à les amener dans leur village.

Grâce à une ruse, Alégracia met feu à l'arbre où elle se retrouvait prisonnière et les Grignôles, apeurés, quittent hâtivement leurs habitations. La fumée de cet incendie attire le prince Shnar, dont la demeure temporaire se trouvait à proximité. Ce dernier retrouve les fillettes et il leur demande poliment de l'escorter jusque chez elles. Sintara est enthousiasmée par cette idée. Malgré les protestations d'Alégracia, elle accepte d'amener Shnar à la rencontre de Mosarie.

Une fois à la maison, Mosarie accepte de recevoir le prince et demande à ses filles d'attendre la fin de leur entretien à l'extérieur. Dans sa demeure, elle apprend à Shnar qu'Alégracia et Sintara sont en fait des Kajuvârs et qu'elles commencent à subir leurs premières transformations en démons. Surpris par ces affirmations, le prince concocte rapidement un plan pour s'approprier les jeunes filles. Deux jours plus tard, il revient et, hors du regard des fillettes, il vole l'âme de Mosarie et cache son cadavre sur la plage. Il fait ensuite croire aux jumelles que leur mère est partie s'établir au Drakanitt, dans la ville de Roc-du-Cap.

Shnar emmène les fillettes à sa demeure et leur apprend l'existence du Serpent d'Argent, qui est enfoui sous la terre des Bois-Verts. En descendant dans les mines, Alégracia parvient à ressentir l'énergie dégagée par cet objet maléfique, le « tourbillon bleu ». Peu après cette expérience, l'Ange Arc-en-Ciel intervient et se bat contre Shnar. L'ange sort victorieux de ce conflit et parvient à sortir Alégracia des mines. Une fois à l'extérieur, la jeune fille s'enfuit dans les bois pour échapper à Shnar. L'Ange Arc-en-Ciel, quant à lui, se fait malheureusement capturer.

Alégracia erre quelques jours dans les bois et finit par croiser la troupe d'Okliarre. Cette troupe se rend à Holbus en faisant escale par les petits villages pour y présenter des spectacles de danse. Quand Daneruké Lorcana, l'un des artistes, réalise à quel point Alégracia a du talent pour la danse, il décide d'en faire sa partenaire.

Ainsi, ils voyagent à travers Pur-Dufonio, le village où a été érigée une statue représentant Zarakis le Solarius qui se bat contre Athore le Kajuvâr et où vit le chercheur Copico Artis'Téming, qui possède un livre où sont recensées toutes les races d'anges et de démons. À ce moment, Alégracia commence à se demander si elle est réellement humaine.

La tournée se poursuit dans le village de Siuron. En route vers cette destination, une intruse s'infiltre dans le convoi pour voler un des livres de Wecto, le conteur d'histoires. Alégracia, réveillée par cette inconnue, décide de la suivre et se fait blesser au bras. La plaie guérit très vite, toutefois, et la troupe peut poursuivre son chemin sans problème.

Une fois à Siuron, dans l'auberge d'Hallion Grand-Bec, Alégracia fait la rencontre de Majora Castter, un ange Akdath, qui peut lire dans l'esprit des gens.

Le voyage continue à Lyrmentt, pour finalement s'arrêter à Holbus, où le Festival de l'Automne est présentement en cours. La troupe doit justement produire un spectacle dans le cadre de cet événement. Néanmoins, avant la représentation, les trois conteurs d'histoires décide de se rendre à la Grande Arène pour assister au procès du prince Riuth. Alégracia les accompagne.

Durant ce procès, on découvre que le prince Riuth et l'Ange Arc-en-Ciel ne font qu'un. De plus, après les nombreuses accusations du roi Izmalt, on relâche deux ours-épics en furie sur Riuth. Le prince combat les créatures avec bravoure et s'enfuit ensuite hors d'Holbus.

Le soir, la troupe présente son spectacle, mais le jeune Samocure, qui avait promis de ne pas nommer Alégracia, désobéit à la consigne et crie son nom sur la scène. En agissant ainsi, il alerte Shnar de la présence de la jeune fille au sein du groupe. Peu après cet incident, le prince maléfique engage un combat féroce contre Daneruké pour s'approprier Alégracia. Il n'y parvient guère, car Daneruké est plus qu'un simple danseur : il est un ancien combattant des forces de la Vallée-Rouge. Grâce à l'intervention de Viko Artis'Téming, Shnar se voit contraint de retourner dans les loges royales.

Peu après, Okliarre congédie Daneruké et Alégracia pour avoir semé la discorde au sein de la troupe. Les deux décident de partir à l'ancienne demeure de Daneruké, qui se trouve près du fleuve Masaccia. Là-bas, Daneruké allume une chandelle magique. Selon lui, elle peut appeler le marchand Kakimi à la rescousse.

Le soir, la demeure est attaquée par Bimosar, le second du prince Shnar, et cinq soldats d'Holbus. Daneruké est assommé durant un combat et on se met rapidement à la poursuite d'Alégracia pour la capturer. Affolée, la jeune fille se transforme en démon Kajuvâr et tue violemment tous ses agresseurs, y compris Bimosar. Elle perd ensuite conscience.

Alégracia se réveille dans les bras de Kakimi. Rassuré de l'avoir retrouvée vivante, le marchand décide de la cacher dans son repère secret, qui se trouve au cour des montagnes de Jovinie. Là-bas, il demande à Daneruké d'entraîner Alégracia, afin qu'elle soit désormais capable de se défendre convenablement contre ses agresseurs, sans faire appel au démon qui sommeille en elle.

Personnages
d'Alégracia et les Xayiris

Dans la littérature et les contes

Docène Capiaso, roi de Roc-du-Cap, personnage inspiré du véritable monarque
Tériq, son valet
Maltrô, un sorcier

Avrïeth, soldat noir
Melliban, cavalier noir
Biathra, leur roi
Mizrâle, leur reine
Férencide, cavalier blanc

Dans les Collines-aux-Aurores-Pourpres

Alégracia
Daneruké Lorcana, son mentor
Kakimi Moveïf, un vieux marchand
Furon et Térann, chevaux de Kakimi

Hector Bicantin, un ermite
Jonathan Bicantin, son fils
Arcaporal Croll Smithen, ancien soldat de Roc-du-Cap
Hindris, une Arnallie

Kazz, lieutenant du roi Izmalt
Riuth, prince d'Holbus, aussi connu sous le nom d'Ange Arc-en-Ciel
Segnar Rackten'Dar, un soldat
Harold Schernivale, un esclave

Dans la Vallée-Rouge

Jaï-Kini, une jeune femme
Viko Artis'Téming, une chasseuse de démons

Au Plateau-Doré

Wccto, un conteur
Jaquot, historien et conteur
Paul Tonoon, un conteur

Mathias Moranoir, duc du Plateau-Doré
Sarelline, sa femme
Samocure, leur fils

Sadie Canalam, capitaine du Plateau-Doré
Adèle Schernivale, propriétaire de Lira-Carie, une maison de confection
Taris, un vendeur
Milborne, son collègue

Dircamlain, un écrivain et chercheur
Shnar, chef de la Guilde du Simulacre

Les Xayiris

Nao'Zeel, colombe rouge, protectrice de l'amour
Nar'Aluz, colibri orangé, protecteur de la vie
Tor'Dello, hirondelle jaune, protectrice de la justice
Dal'Astar, cardinal vert, protecteur de la liberté
Voe'Gaïl, hibou bleu, protecteur de la beauté
Sis'Karta, cygne violet, protecteur de la paix

Autres personnages

Izmalt, roi d'Holbus
Maître Éwinga, chef des rebelles

Du passé

Déraniro, un contrebandier d'armes à feu originaire du Drakanitt
Bachior Arioo, ancien mentor de Riuth
Salvéric Artis'Téming, commandant de la Vallée-Rouge lors de la Grande Libération
Izure, un fugitif recherché par Salvéric
Zarakis, ange Solarius qui a jadis combattu à Pur-Dufonio
Athore, son ennemi juré
Tanöa, ancienne princesse d'Holbus

Les armes

Xilasire, l'épée de Riuth
L'Envolée Céleste, l'épée tueuse de démons
Le Serpent d'Argent, ancienne arme d'Athore, capable de voler les âmes
Burio, la rapière de Shnar

On a choisi les Xayiris, des anges impulsifs et irréfléchis, pour défendre les valeurs primordiales du Continent-Coloré. Devant ce choix inattendu, je me permets de remettre en question l'Histoire et, à la fois, les véritables desseins de la Lumière. Selon moi, cette tâche aurait dû être confiée aux Kajuvârs.

Parce qu'en étudiant la genèse de ces démons, j'ai réalisé que le Continent-Coloré leur appartenait de droit.

Dircamlain, de Zinentel

Table des matières

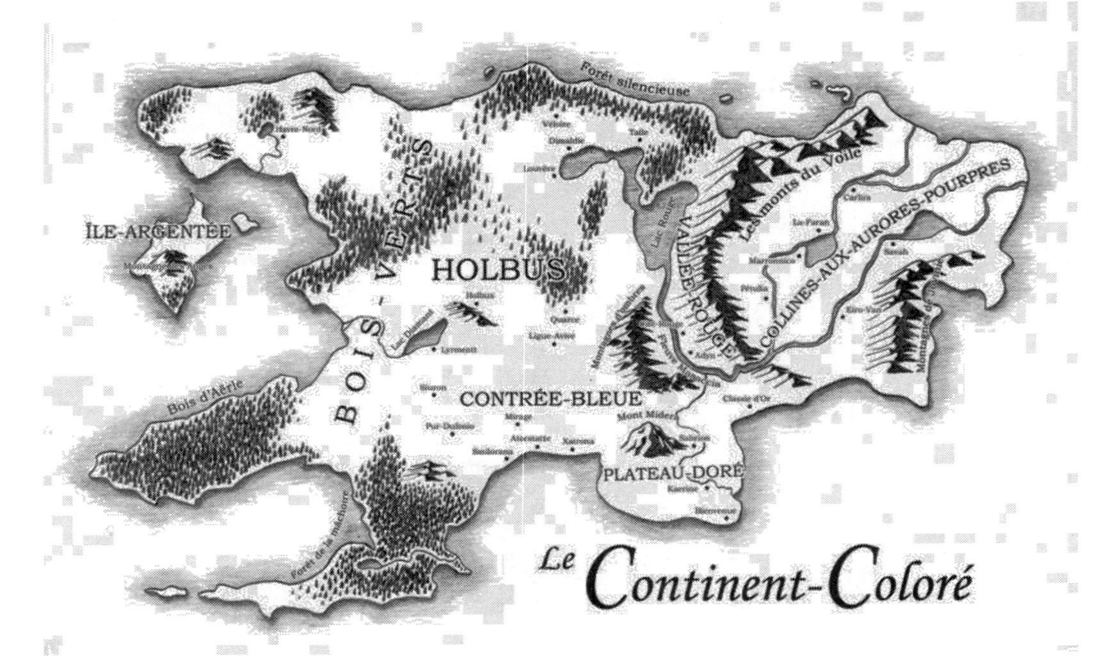
Forêt silencieuse
ÎLE-ARGENTÉE
BOIS-VERTS
HOLBUS
Lac Rouge
VALLÉE-ROUGE
Les monts du Voile
COLLINES-AUX-AURORES-POURPRES
CONTRÉE-BLEUE
Mont Midera
PLATEAU-DORÉ
Bois d'Aérie
Le Continent-Coloré

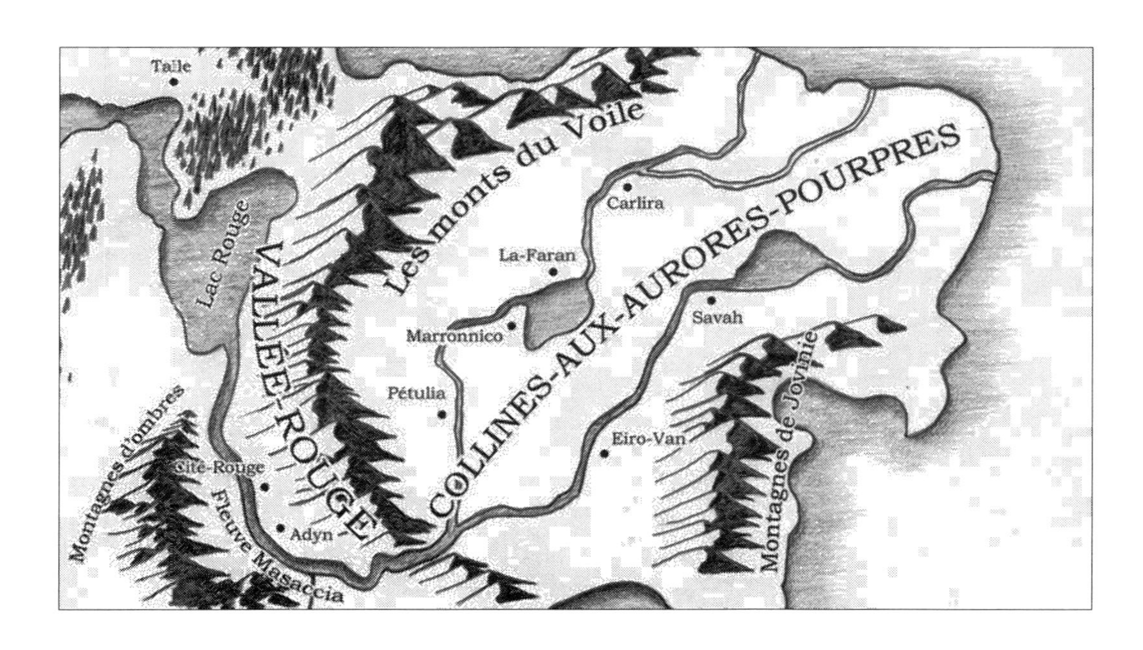
Taille
Lac Rouge
Les monts du Voile
COLLINES-AUX-AURORES-POURPRES
Carlira
La-Faran
Marronnico
Savah
VALLÉE-ROUGE
Pétulia
Eiro-Van
Montagnes de Jovinie
Montagnes d'ombres
Cité-Rouge
Adyn
Fleuve Masaccia

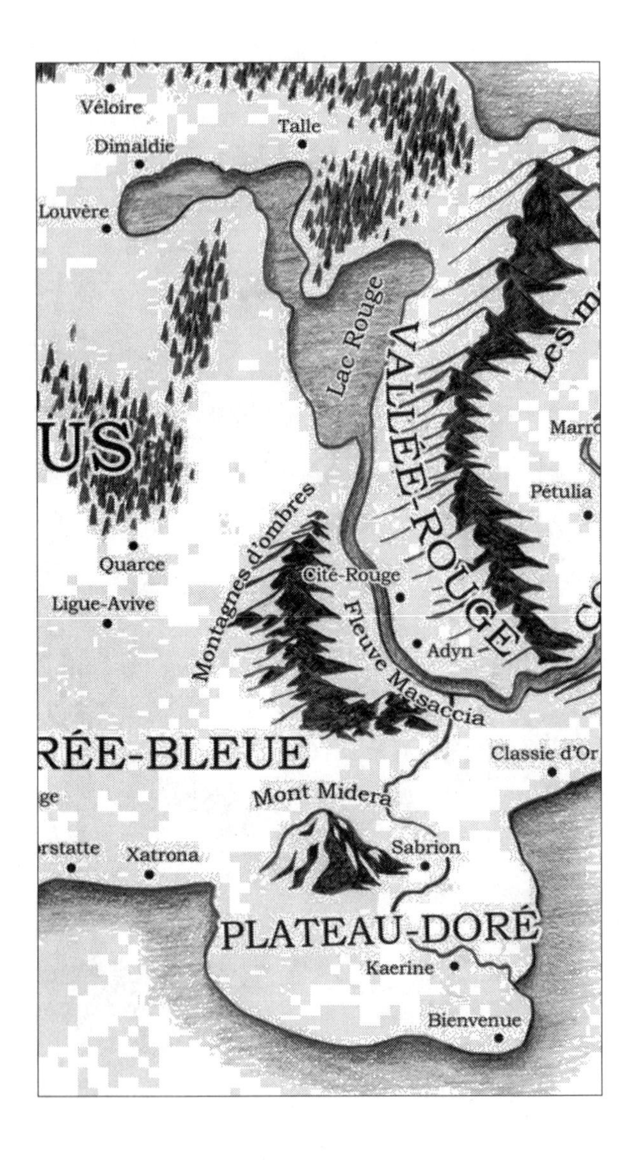

Véloire
Talle
Dimaldie
Louvère
Lac Rouge
VALLÉE-ROUGE
Les m
Marro
US
Pétulia
Montagnes d'ombres
Quarce
Cité-Rouge
Ligue-Avive
Fleuve Masaccia
Adyn
CO
RÉE-BLEUE
Classie d'Or
Mont Midera
ge
rstatte
Xatrona
Sabrion
PLATEAU-DORÉ
Kaerine
Bienvenue

ÎLE-ARGENTÉE
Montagne des Anges

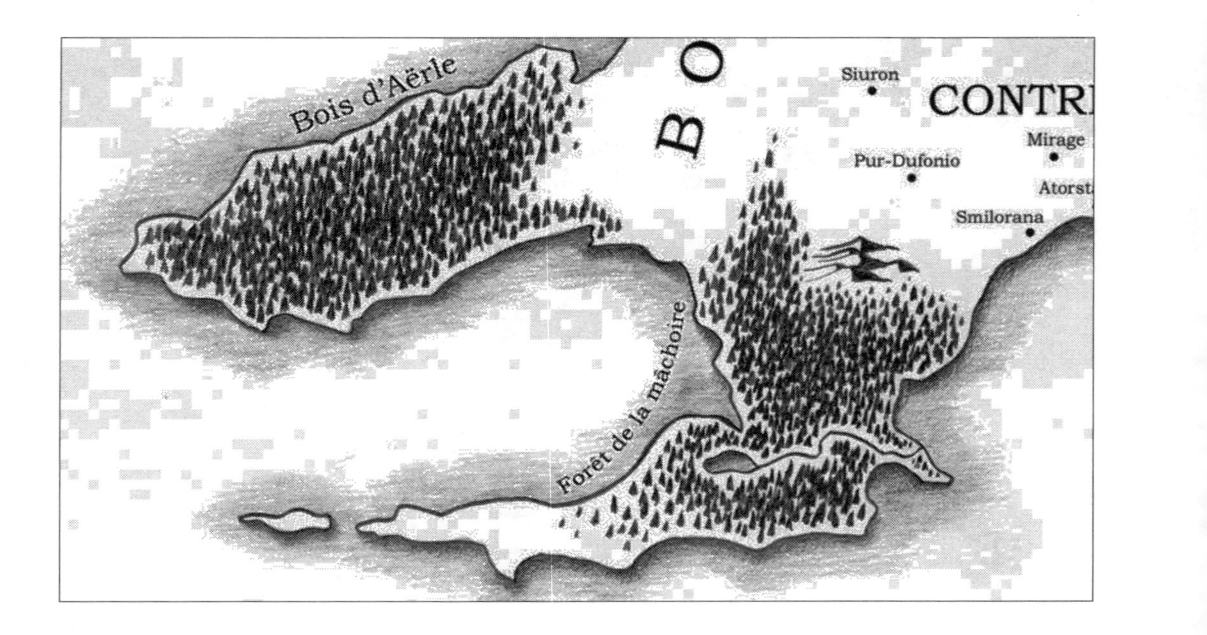
Bois d'Aërle
B O
Siuron
Pur-Dufonio
Mirage
Smilorana
Forêt de la mâchoire

PREMIÈRE PARTIE

Prologue

La promesse du sorcier

Dans le somptueux palais de Roc-du-Cap, le plus grand couloir reliait la salle du trône aux quartiers personnels du roi. Il paraissait tellement vaste qu'on aurait facilement pu le confondre avec un grand hall d'entrée ou une longue salle de bal. Les visiteurs éblouis prenaient plaisir à imaginer des centaines de danseurs valser en couples, entre ses dix paires de piliers marbrés. La nuit, l'éclat de la lune s'y infiltrait par cinq vitraux hauts comme les maisons des nobles. Dans l'air, ses rayons ardoisés paraissaient plus luisants que ceux de son frère porteur d'aurores.

La porte foncée s'ouvrit lentement dans un grincement lugubre. Le son résonna longuement dans le couloir au plafond creux et sombre, mais le soupir de l'arrivant persista plus longtemps. Il s'agissait du roi et il avait déjà enlevé sa couronne.

C'était le grand-père de son arrière-grand-père qui, un jour, avait ordonné la construction d'un couloir aussi immense. Il le voyait comme une étape, une transition symbolique entre deux existences : la vie publique d'un roi autoritaire et celle d'un homme de chair épuisé et las, cherchant désespérément le repos. Encore aujourd'hui, pour Docène, ce chemin de marbre représentait la même chose, et ce soir-là, il revenait seul… une nouvelle fois.

Le jeune roi passa devant le premier vitrail. Il s'y arrêta pour contempler la Lune, les bras croisés et le regard funèbre. L'astre l'éblouissait pratiquement, il n'avait jamais autant relui.

— Tu peux bien rire, toi, murmura Docène avec une certaine fermeté dans la voix. Tu as été seule pendant toute ton existence et cela n'a jamais altéré ton large sourire.

Au Drakanitt, cependant, la Lune paraissait toujours plus grosse et détaillée dans le ciel nocturne, surtout à l'est, dans les environs de Roc-du-Cap. Les gens parlaient souvent du sourire de la Lune, une longue série de cratères noirs qui formaient une courbe irrégulière et bien visible si on fixait l'astre pendant un certain temps.

— D'où tires-tu ton bonheur? Quel en est le secret? Tu t'amuses à nous regarder patauger dans un bain d'amertume et de malchance?

Le roi demeura figé à la fenêtre, silencieux.

L'autre porte s'ouvrit lentement. Tériq, l'homme de chambre et bon ami de Docène, pointa son nez dans l'embrasure. Il avait entendu le roi et hésitait à se dévoiler immédiatement, car il craignait d'apprendre que la soirée de Docène s'était terminée comme toutes les autres auparavant.

— Elle ne vous plaisait pas? osa-t-il articuler à moitié découvert, la main fermement appuyée sur la poignée dorée.

Le roi répondit nonchalamment, sans toutefois quitter la lune des yeux.

— Elle ne me plaisait pas, effectivement. Aucune ne me plait.

— Et la fille?

Le roi lui tourna le dos et baissa la tête.

— C'est de la fille dont je parlais…

Il s'appuya contre une des colonnes de marbre, du côté ombragé, fuyant la lumière comme un démon des profondeurs.

— Aucune ne semble être faite pour moi. Il n'en existe aucune sur cette Terre. Aucune. J'abandonne.

Docène se laissa glisser lentement le long du marbre jusqu'au sol. Il ressemblait à un vieux prisonnier tapi au fond de sa cellule et avait le regard d'une bête capable de vous foudroyer. Cette expression laissait supposer une longue série d'échecs amenés soit par une ambition démesurée ou par une lâcheté extraordinaire. Personne ne le savait vraiment.

— Vous préférez demeurer seul?

— Oui, laissez-moi. Je peux très bien m'occuper de moi-même, comme je l'ai toujours fait d'ailleurs.

— Oh! J'oubliais. Maltrô est passé tout à l'heure.

Tériq s'en rendit compte trop tard : il aurait dû attendre au moins le lendemain avant d'annoncer une nouvelle de cette nature. Il tenta de se reprendre :

— J'ai suivi vos directives, je l'ai renvoyé. Mais il reviendra certainement.

— Que désirait-il?

— La même chose que d'habitude : vous aider!

— Je n'ai pas besoin de l'aide des sorciers du continent nordique.

L'homme de chambre parcourait le couloir de long en large du côté illuminé par la lune. Il confirma à Docène qu'il s'était acquitté de toutes les tâches ménagères avant de se retirer pour la nuit. Il laissa le roi de nouveau seul avec lui-même et il referma la porte derrière lui sans faire de bruit, pour ne pas le perturber davantage.

* * *

Après avoir médité pendant plusieurs minutes, le jeune roi pénétra enfin dans sa chambre. Un simple bredouillement des mots Lumini Firina permit à trois lanternes de s'allumer d'elles-mêmes.

À mesure que la lumière grandissait, une ombre étrangère se dessina derrière le lit orangé. Quand Docène constata qu'il s'agissait d'un intrus, il se hérissa comme un chat effarouché et ordonna à l'homme de s'identifier sur-le-champ.

L'importun écarta le voile noir de son visage.

— Maltrô! clama le roi hébété. Comment osez-vous? Vous souillez ma chambre par votre simple présence! Dehors!

— Vous…

Docène se prépara à alerter sa garde personnelle, mais il retint son souffle à la toute dernière seconde. Son accablement avait atteint une telle proportion qu'il se sentait prêt à entendre toutes les suggestions, même celles d'un voyageur aux croyances révoltantes comme Maltrô. Pour la première fois, il décida de laisser une chance – aussi minime pouvait-elle être – au sorcier nordique. Il lui permit de s'infiltrer dans son univers et, du même coup, il laissa sa curiosité remporter une glorieuse victoire sur son orgueil.

— Vous avez besoin de mon aide, poursuivit le magicien noir d'une voix fatiguée. Vous devriez le reconnaître.

— Depuis quand vos services m'apparaîtraient-ils nécessaires? Ici, mes désirs sont entièrement comblés. Vous semblez oublier que je suis le souverain suprême de Roc-du-Cap.

— Certes. Toutefois, malgré tous ces luxueux prestiges, vous ne renvoyez guère le sourire à la Lune…

Docène se rebella, outré par cet affront.

— Comment? Vous m'espionnez, maintenant?

— Oui, je vous espionne, mais avec une clairvoyance qui dépasse votre entendement.

Le sorcier contourna le lit lentement. Ses pas ne produisaient aucun bruit, on entendait seulement les frottements de sa cape contre les draps orangés. Il tâta minutieusement le dessus du lit de la main, puis s'assit tout à son aise. Le roi ne trouva pas de mot pour qualifier ce geste déplacé.

Maltrô parla alors, sans jamais vraiment regarder Docène dans les yeux.

— Vous devez en avoir comblé, des femmes, dans ce lit. Tout un tas! En consultant les ouvrages poussiéreux rangés dans votre mémoire, je peux presque entendre des gémissements si puissants qu'ils seraient capables de fissurer ces murs. C'est la vérité? Bien des ébats ont eu lieu dans cette chambre, non?

— En quoi cela vous regarde-t-il?

Très lentement, le sorcier se releva tout en demeurant face au mur.

— Le plaisir charnel... Un sujet encore très tabou d'où je viens, au Continent-Coloré. Chez nous, on préfère envier les plus belles histoires et parler d'amour passionné. Contrairement à vous, nous ne connaissons pas uniquement le superficiel.

— Je ne suis pas superficiel!

— Ah non?

Pour la première fois depuis le début de son discours, Maltrô plongea son regard noir dans celui de Docène.

— Avez-vous seulement déjà aimé, une seule fois? D'un amour aussi ardent que le feu éternel?

L'homme du Nord faillit s'emporter, mais il parvint à demeurer calme. Quant au roi, l'attitude provocante du sorcier l'intrigua. Il se demanda pourquoi cet individu drapé de noir désirait l'aider. Que recherchait-il dans cette manigance? Une récompense? De l'or? Tout cela, il pouvait lui en fournir des quantités effarantes. Toutefois, les richesses matérielles pouvaient-elles vraiment intéresser un voyageur comme Maltrô?

Il abaissa donc sa garde pour entrer dans son jeu, pour voir où allait aboutir cette discussion.

— Éternel? J'ai aimé bon nombre de femmes pour la pureté de leur corps. Aucun mot aussi éloquent qu'éternel ne pouvait s'appliquer à elles. Mais il y en a eu d'autres. Des élues qui ont conquis mon cœur l'instant de quelques jours.

— Quelques jours? Vraiment? répéta Maltrô, sarcastique.

Docène grimaça et s'arrêta pour réfléchir.

— J'en compte six en tout.

— Six? Un chiffre très significatif chez nous. Néanmoins, dites-moi, qu'est-il donc arrivé pour que votre cœur les rejette toutes, les unes après les autres?

— Avec chacune d'entre elles, ce fut la même chose. Au début, j'aimais ces femmes passionnément, mais, à les fréquenter, un aspect d'elles finissait par froisser mes sentiments.

— Expliquez.

— La première me harcelait tout le temps. Elle ne me laissait jamais en paix.

— Et ensuite?

— La deuxième ignorait toute forme de beauté. Malgré mon titre prestigieux, la troisième me voulait pour elle seule. En m'isolant des autres, elle ne me laissait aucune liberté. La quatrième me trompait. Je l'ai fait exécuter pour me faire justice. La cinquième se plaignait toujours, elle n'appréciait pas la vie. Et la dernière…

Le roi chercha longuement ses mots. Le sorcier tenta de l'aider :

— La dernière?

— Je viens tout juste de la rejeter, sans trop savoir pourquoi.

Le roi devint soudain pensif. Il se gratta le menton tout en fronçant les sourcils.

— Nous avons assisté à la pièce de théâtre ensemble, continua-t-il sur un ton légèrement plus bas. Un moment fort agréable. Seulement, pour elle, je ne ressentais tout simplement pas de véritable amour.

Maltrô poussa un grand soupir. Il marcha tout autour du monarque en murmurant :

— Mon cher Docène. N'êtes-vous pas fatigué de ce long combat? Vous savez, je peux vous aider. Vous n'avez qu'à le demander.

— Que pouvez-vous faire pour moi exactement?

— Je peux créer l'impossible! Une femme répondant à tous vos critères, capable d'éveiller en vous cette flamme éteinte depuis si longtemps, le véritable et éternel amour!

— Et comment comptez-vous créer cette femme? À l'aide de la magie de la Lumière?

Maltrô éclata aussitôt de rire devant une telle spéculation.

— Vous n'avez pas encore compris, mon cher Docène. Pour créer un humain parfait, il faut exactement la même dose de Lumière et de Ténèbres, les mêmes ingrédients qui ont été nécessaires pour créer ce petit caillou abject qu'est le monde dans lequel nous vivons.

La voilà, sa proposition. Depuis des mois, Docène avait fait la sourde oreille, mais ce soir-là, il laissa enfin le sorcier parler, se laissa séduire par la recette secrète du meilleur des gâteaux.

— Et… que voulez-vous en retour?

Maltrô recula vers la porte en appuyant ses mains sur le cadre.

— En retour? répliqua-t-il sans enthousiasme. Je ne veux aucune récompense, seulement vous faire vivre des émotions insoupçonnées. Je veux éveiller vos sens, incendier votre esprit, faire fondre votre cœur.

Docène plissa le front pour réfléchir. Pendant qu'il se frottait le menton de façon presque maladive, Maltrô attendait impatiemment sa réponse.

— J'accepte l'offre, finit par dire le monarque, d'une voix retenue.

Le sorcier fit semblant de ne pas avoir entendu. Il déploya sa main derrière son oreille et demanda, sur un ton fort sarcastique :

— Que dites-vous? Acceptez-vous de vivre un amour éternel?

— Oui. J'accepte.

Un large sourire se dessina alors sur le visage de Maltrô. Il quitta promptement la chambre sans en rajouter davantage. Docène s'empressa alors de regarder dans le corridor. Il trouva le passage plongé dans un silence mortuaire. Le sorcier s'était déjà volatilisé, et il n'avait pas laissé la moindre trace derrière lui.

* * *

— Mon roi, on demande à vous voir!

Tériq frappait à la porte de la chambre, sachant très bien qu'il devait repartir s'il ne recevait aucune réponse dès la première tentative. Malgré l'avertissement formel, il hésitait à renoncer. L'homme de chambre souleva le poing de nouveau, mais retint son geste au tout dernier moment.

— Il est tôt, je le sais, continua-t-il un peu mal à l'aise. Mais elle insiste.

— Qui souhaite donc me rencontrer à cette heure? grogna Docène, la tête enfouie au creux de son oreiller.

— Une femme.

— Son nom?

— Elle n'a pas voulu me le divulguer.

Le jeune roi se retourna deux fois dans son lit en maugréant. Contrairement à ses ancêtres, il s'habillait tout seul. Les premiers vêtements qu'il trouva le satisfirent.

Tériq attendait dans le couloir, les mains croisées dans le dos. Quand le roi eut émergé de son antre, son serviteur l'escorta au-delà de la porte du grand couloir, qui menait directement à la salle du trône.

Au bout des hauts vitraux lumineux, et derrière des colonnes luisantes, se tenait une femme simplement vêtue mais avec élégance et grâce. Le roi fit deux pas dans sa direction et il s'arrêta pour mieux la contempler. Il dévora des yeux ses longs cheveux mordorés, bouclés et souples, ses yeux purs et étincelants, ainsi que sa peau soyeuse caressée par le tissu léger. Elle avançait vers lui, ses hanches dansant sous sa robe azur. Son parfum de jasmin frôla les narines du monarque et éveilla en lui un sentiment fort qu'il ne put reconnaître. À la vue de ses lèvres vermeilles, il s'y imagina enchaîné.

— Mais... qui êtes-vous donc? Quel est votre nom?

Une voix cristalline l'enveloppa alors comme une douce couverture de velours.

— Il n'en tient qu'à vous, très cher Docène, de m'en trouver un.

* * *

Une œuvre parfaite, comme l'œuvre picturale que l'on touche du bout des doigts par désir de la savourer avec plus d'un sens à la fois.

Une promesse envoûtante.

Les deux, étreints, troquant d'un regard, un péché. Imprégnés d'une eau parfumée, effluve enfant du béguin.

Crispés, exaltés, soupirants.

Imprégnées, mailles de satin.

* * *

Presque un mois s'écoula…

Le jeune Docène contemplait sa douce allongée à ses côtés. Elle resplendissait dans sa nudité, sur les draps du grand lit. Le roi laissa glisser sa main le long de son bras, monta jusqu'au cou puis alla se perdre dans ses cheveux. Il les souleva et caressa sa nuque du bout de ses doigts.

— Mais… qu'est-ce que c'est que ça?

Le monarque avait remarqué un tatouage noir, tout en haut du cou. Il était petit, très petit et d'une forme vaguement circulaire. Il avait toujours cru qu'il s'agissait d'un grain de beauté. À présent, ce symbole lui rappelait une horloge. Si cela s'avérait juste, le mince trait en son milieu devait représenter une aiguille qui pointait vers le haut. Après un examen approfondi, il remarqua que le cadran était divisé en trente fractions.

Docène se demanda :

— Pourquoi la femme parfaite aurait-elle besoin d'afficher une telle empreinte? Serait-ce un secret que Maltrô aurait omis de me révéler?

Le jeune roi ne comprenait pas la signification d'un tel symbole, mais il n'osa pas réveiller la belle pour le lui demander. Il préféra continuer à nourrir ses yeux et ses mains en lui frôlant les hanches, de façon sensuelle.

Docène adorait la texture de cette peau satinée. Elle dégageait une chaleur voluptueuse qui animait en lui de puissants désirs. Pour apaiser sa faim, il osa se blottir entièrement contre son corps, et là, après avoir fermé doucement les paupières, il profita enfin des riches effluves de sa chevelure dorée.

Entre-temps, les clochers du théâtre se mirent à résonner derrière les murs du château. Minuit sonnait dans la ville insomniaque. En effet, Roc-du-Cap n'avait jamais besoin de se reposer. « L'art ne dormira jamais », répétaient les grands dignitaires de la ville, bien que ces derniers avaient eux-mêmes des cernes fuligineux.

Le cœur du roi chavira à ce moment.

— L'aiguille a bougé! Je l'ai vue! Qu'est-ce que cela veut dire?

La porte de la chambre grinça et un jet de lumière apparut entre les deux amoureux. Docène se leva silencieusement, enfila sa robe de chambre et se dirigea vers le couloir. Il ressentit une attraction hypnotique, comme le papillon de nuit qui vole instinctivement vers la brillance des flammes.

De l'autre côté, Maltrô attendait patiemment la sortie du monarque. Docène ne fut pas surpris de le rencontrer là, ni même de le voir afficher ce petit sourire narquois qu'il détestait tant.

— Vous… vous me semblez troublé, mon bon roi. Auriez-vous découvert un symbole dont vous n'auriez pu en deviner la signification?

— L'horloge tatouée? Oui, justement! J'ai cru voir son aiguille franchir un cran à minuit! C'est impossible!

Docène hocha furieusement la tête et pointa le sorcier du doigt.

— Cessez d'avoir ce petit visage moqueur et donnez-moi une explication immédiatement! Et, pour une fois, dites-moi la vérité. Vous m'avez caché quelque chose, n'est-ce pas?

Le sorcier répondit dans un long bâillement, comme toujours :

— Cela signifie simplement que tous les sortilèges ont une fin, mon ami. Son dernier jour est arrivé.

La rage monta au visage du roi. Il paniqua et, dans un élan de folie, il agrippa le sorcier par le collet pour lui hurler droit au visage :

— Comment? Vous m'avez arnaqué! Cela fait seulement un mois!

Il le projeta ensuite sur le sol avec une violence inouïe. Le crâne de ce dernier percuta douloureusement le mur. Quand l'homme drapé de noir se releva, du sang lui coulait le long du front.

— Vous m'aviez promis un amour éternel, cracha à nouveau Docène, le visage tordu par la colère. Ce sortilège ne peut s'achever! Il ne le peut pas!

Le Nordique ne fit aucun effort pour tenter de calmer son hôte. Il se retourna seulement à moitié et, dans un mouvement lent, il replaça convenablement le capuchon sur sa tête pour cacher sa blessure.

— Éternel, mon cher Docène. Pour obtenir un amour éternel, la promesse doit être retenue sous la peau… et recouverte par une cicatrice. Exactement comme ce tatouage.

Le visage du roi blêmit alors. Il recula de deux pas, en gardant la bouche entrouverte. Alors que le sorcier s'éloignait dans le corridor, du côté illuminé par les vitraux, Docène accourut vers sa chambre. Le monarque ouvrit la porte si rapidement qu'il en brisa presque le verrou.

Lorsqu'il arriva, malheureusement, le décompte était déjà terminé. L'édredon termina de s'affaisser sur le lit dans un mouvement ondulant, comme la plumule qui descend doucement dans l'air. La jolie femme qui y dormait venait de se dissiper… à tout jamais.

Chapitre I

De la Lumière et des Ténèbres

La Promesse du Sorcier. Mon dernier cadeau d'anniversaire. Un petit livre foncé contenant une dizaine de nouvelles et un seul poème, dédicacé par l'auteur Dircamlain du Drakanitt. Kakimi me l'avait offert d'une main incertaine, ne sachant pas si le sens des histoires allaient m'atteindre, moi, alors une jeune femme âgée de dix-sept ans.

Dix-sept ans... Le temps passait si vite.

Je ne comprenais pas. L'amour éternel. Pourquoi devait-on perdre l'amour pour le rendre éternel?

— Tu peux m'expliquer, dis?

— Non.

Daneruké ne répondait jamais immédiatement à mes questions. Il préférait toujours les laisser baigner dans la marinade du doute. Selon lui, les réponses en sortaient plus juteuses.

— L'amour... tu dois d'abord apprendre ce que c'est, l'amour. Ose l'expérimenter et tu sauras répondre toi-même à cette question.

Il se replongea dans la lecture de son roman, sous son masque d'indifférence. Daneruké redoutait que j'enchaîne avec la question suivante :

— Et toi, Dan. Tu en sais quelque chose?

Le sexagénaire grimaça et referma son livre. Il porta un regard vide à la fenêtre et se laissa tomber contre le dossier du fauteuil. Je reconnaissais cette expression, synonyme de deux mots amers et sanglants : Grande Libération. J'avais déjà trop parlé.

La paix.

Sa quête ultime, après les temps de guerre. Trois cent soixante-quatre statuettes pour lui. Mais combien l'ennemi en avait-il accumulées? En avait-il acquis une seule et unique, ayant été capable de changer la vie de cet homme à jamais? Une seule, pour créer l'amour éternel?

Jamais il n'en parlait. Daneruké agissait exactement comme Mosarie. On ne discutait pas d'amour éternel à la maison. Il s'agissait d'un sujet tabou et restreint. Un gâteau délicieux, soigneusement dissimulé puisqu'il est mauvais pour la santé.

— Tu as terminé tes exercices d'aujourd'hui? me demanda sèchement mon mentor.

— Pas encore.

— Va les achever.

Quel ton! Soit il voulait se libérer de ma présence, soit il souhaitait que, grâce à l'entraînement, j'évite de répéter des erreurs du passé, qu'il s'agisse des siennes ou des miennes. Daneruké avait bon cœur, ce qui signifiait qu'il était bon, tout simplement. J'appréciais cette qualité chez les membres de mon ancienne famille. Pirie, Wecto, Smithen et même Bulgaboom. Je m'ennuyais vraiment de leur présence.

— Tu tiens toujours tes épées à l'envers? me demanda-t-il par-dessus son épaule.

Je devais corriger ma technique cette semaine. Quand Daneruké m'avait laissé prendre des épées pour la première fois, je les avais empoignées en tenant les lames vers le bas. De cette façon, elles m'apparaissaient moins lourdes. Cette technique présentait un inconvénient important, toutefois : je devais me rapprocher davantage de ma cible pour l'atteindre. La portée des lames en était diminuée. La semaine dernière, Daneruké m'avait suggéré de changer mon style, mais je préférais continuer à manier mes armes de cette façon.

— Ma technique est toujours la même.

— Tu dois la changer. Tes défenses sont amoindries. Tes attaques, plus ardues.

— Tu veux me tester?

J'anticipais déjà son refus. Daneruké voulait bien m'enseigner des techniques avancées de combat, mais jamais il n'acceptait de s'opposer à moi en simple simulation.

— Tu as en toi toute la fougue nocive de la jeunesse. N'as-tu donc rien appris? Si je t'enseigne l'autodéfense, c'est pour une seule et unique raison, pas pour enfler ton petit monstre d'ego.

— Je ne veux pas me croire supérieure à toi, Dan. Ton entraînement porte ses fruits, ma technique est bonne. Je veux simplement te le prouver.

Daneruké resta tourné vers la fenêtre, l'air songeur. Ses épaules larges se relevèrent quand il croisa les bras.

Quatre ans et demi. Il m'avait entraînée à la discipline et au combat durant tout ce temps. Sans arrêt, il me répétait les mêmes répliques et, simultanément, il engendrait en moi les mêmes déceptions.

Il se retourna vers moi en frottant son menton. Pour la première fois il remarqua que je n'étais plus la petite fillette qu'il avait recueillie quelques années auparavant, sur le bord du chemin.

— Tu as raison, avoua-t-il en ricanant. Après toutes ces années, il serait peut-être temps de voir quels fruits poussent aux branches de ton arbre.

* * *

Courage. Paix intérieure. Danses magiques.

Peur. Haine. Brutalité.

Ange.

Démon.

Les danses magiques. Un art secret transmis par Daneruké durant mon entraînement. Nous l'utilisions pour canaliser l'énergie de la Lumière dans nos mouvements pour nous battre.

Daneruké m'avait enseigné tous les principes de base. Notre monde est entouré de deux énergies primaires : les Ténèbres et la Lumière. Avant la création du monde, l'Univers était un néant total : ni noir, ni coloré. Invisible. Inexistant.

Le néant, le seul équilibre parfait n'ayant jamais existé. Une force infinie et nulle à la fois. Tout était rien, rien était tout. Le vide dans toute sa perfection.

Jusqu'au jour du déséquilibre.

Déséquilibre entraînant la rupture du néant, les vagues de la création. L'Univers se composait alors de deux forces immatérielles. D'un côté, la Lumière, s'épanouissant autour du Soleil comme des vagues ondulantes aux couleurs de l'arc-en-ciel et de l'autre, les Ténèbres, filaments épineux, sombres et gris, ancrés sur la Lune.

Le combat pour la domination de l'existence s'ensuivit. Les deux forces se partageaient chacune la moitié de l'Univers et se combattaient férocement à leur point de rencontre. Le contact entre la Lumière et les Ténèbres produisit des quantités d'énergies inimaginables, qui se perdirent aux confins de l'infini. Ces résidus propulsés à la dérive se matérialisèrent. Les étoiles apparurent. Le combat persistait. Survint alors la Terre, au centre du point d'impact entre la Lumière et les Ténèbres. Avec la présence de la Terre, ces forces ne pouvaient plus directement entrer en contact, elles étaient dorénavant bloquées par ce barrage matériel. Avec la venue de la Terre, la Création s'acheva et les forces immatérielles connurent un certain équilibre. Un calme relatif s'installa.

Il en fut ainsi jusqu'à nos jours.

Aujourd'hui, le combat entre la Lumière et les Ténèbres est loin d'être achevé. Avec l'avènement de la Terre, ces deux forces ne peuvent plus entrer en contact, mais leur affrontement persiste. Il est seulement plus subtil. Notre monde matériel constitue leur champ de bataille. Lorsqu'une des deux forces primaires ose s'immiscer dans le monde terrestre, une réaction existentielle s'ensuit aussitôt. Une parcelle de force s'y détache et est aussitôt façonnée pour s'adapter au monde matériel. Dans le cas de la Lumière, un ange est créé. Dans le cas des Ténèbres, un démon surgit.

Toutefois, d'une certaine façon, l'équilibre persiste toujours.

Si la Lumière s'aventure sur Terre pour créer un ange, les forces s'agitent, l'équilibre est rompu. Les Ténèbres sont aussitôt aspirées vers notre planète pour créer un nouveau démon. Le contraire est vrai également. Pour chaque naissance démoniaque, un ange prend forme ailleurs sur Terre.

Athore.

Zarakis.

Le Serpent d'Argent.

L'Envolée Céleste.

J'étais une démone. J'avais appris à accepter mon état, car je ne pouvais faire autrement. Une Quart-Kajuvâr de naissance. Moi.

Mais une force étrangère m'habitait.

Je ne possédais aucun des attributs qu'on associait normalement aux démons. J'agissais pour le bien, j'adorais les oiseaux, les fleurs, et je me battais avec discipline et courage. Tous ces aspects me venaient directement de la Lumière. Même si mon sang était celui d'un démon, la Lumière habitait mon cœur. Mon être incarnait une parfaite contradiction. Les forces opposées y cohabitaient. Mon corps représentait cette convention de paix cachetée, sans signature, tant recherchée par la colombe.

Daneruké m'apprenait à canaliser les forces de la Lumière enfouies en moi pour me battre. Cette énergie est attirée sur Terre de multiples manières, entre autres par la beauté. En fait, chaque belle chose dégage une aura de Lumière. L'énergie est habituellement infime, personne ne peut vraiment la sentir.

L'art est la beauté, tout comme la danse est une forme d'art. Soutenus par la force de notre concentration, Daneruké et moi parvenions à nous battre avec des mouvements gracieux et beaux, des gestes attirant la Lumière. Combattre avec la beauté en guise d'armement, voilà l'enseignement de mon maître. Les danses magiques.

Pourquoi les termes danses magiques? Une ironie! Habituellement, ceux qui admirent les adeptes de l'art en pleine action ont l'impression de voir des danseurs à l'œuvre. On ignore généralement que ces combattants sont les plus redoutables adversaires du peloton. L'énergie de la Lumière accroît la rapidité, rend plus vif et développe des sens inconnus de tous.

Justement, ces qualités allaient devenir essentielles dans l'épreuve qui m'attendait.

* * *

Mes deux épées, un autre don généreux de Kakimi, avaient été forgées par les meilleurs artisans de Roc-du-Cap. Elles ne possédaient aucun caractère proprement magique, mais elles étaient si belles et si pures. Ces armes dégageaient une faible aura de Lumière, discernable seulement par les détecteurs de magie très sensibles. Des épées aux lames courtes, polies et étonnamment tranchantes, faisant seulement soixante-quinze centimètres, aux gardes de fer incrustées d'ornements sylvestres, aux poignées ajustées à mes petites mains et ornées de roses aux l'extrémités.

La rose... mon équipement meurtrier était comparable à cette fleur : beau et gracieux, on n'osait penser qu'il pût réellement blesser quelqu'un.

J'enfilai mon habit d'entraînement, mon plastron et mes épaulettes ajustées, j'enroulai une ceinture de cuir autour de ma taille et j'y accrochai mes deux fourreaux. Je fus enfin prête pour le combat.

Daneruké patientait dans les hautes herbes, à cent pas du chalet, les bras toujours croisés. Tourné vers le lac, il contemplait les éclats miroitants du soleil à travers les ondulations de l'eau.

Mon mentor soupira.

— Tu sais ce que je risque en acceptant de te défier aujourd'hui?

Je m'arrêtai. Daneruké demeura figé comme une statue ; seuls ses longs cheveux noirs valsaient sous l'effet du vent.

— Nous verrons si ton enseignement a porté fruit. Au diable les techniques de combat et la finesse des mouvements. Si, une seule fois durant notre affrontement, tu brises ta concentration et matérialises encore cette haine, tu te retransformeras en Kajuvâr et me tueras. C'est une certitude. Tu ne t'es encore jamais consciemment opposée à un réel adversaire depuis ton séjour. Aujourd'hui, je cours un grand risque.

Il attendit encore sans parler. Je restai silencieuse également.

Devenir Kajuvâr. J'avais consciemment vécu cet état une seule fois dans ma vie, les minutes les plus amères de toute mon existence. J'en frémissais à chaque syllabe du mot, je sentais sa froidure traverser ma chair.

— Je suis prête, dis-je avec fermeté, même en sachant que rien ne pouvait rassurer mon mentor.

Je m'avançai vers lui. Il resta dos à moi, hocha la tête et attendit encore.

Rapide comme l'éclair, il se retourna, sauta, puis donna un violent coup de pied dans l'air. Son geste fut si rapide qu'une onde secoua l'herbe tout autour de nous. J'esquivai l'attaque de justesse, et le combat contre mon propre corps commença simultanément. Une réaction naturelle à l'agression, propre aux démons, m'échauffa le sang et redressa aussitôt mes poils. Je devais combattre ces impulsions en gardant ma concentration, tout en m'imaginant en sécurité et en paix. Je devais me battre avec une sérénité comparable à celle ressentie au milieu d'un champ fleuri…

Facile à dire.

Daneruké enchaîna avec deux coups de poing successifs. J'esquivai l'un d'eux et l'autre me frôla l'oreille. Mon mentor soignait chacun de ses mouvements, il attirait la Lumière dans de beaux gestes. Sa rapidité croissait. La mienne aussi. J'attirais les énergies en évitant les coups de façon souple et gracieuse.

Il multiplia les attaques : coups de pied et coups de poing. Toujours plus véloces, tous parés. Mon corps pétillait déjà d'énergie de Lumière, une sensation chaude et intense, un bien-être total entre mon corps et mon environnement. J'aurais voulu ressentir éternellement cette force à travers mon être.

Mais cette énergie n'allait pas s'attarder en moi.

Je sautai et donnai un coup de pied renversé au centre de la poitrine de mon maître. La vitesse de mon attaque surpassa toutes mes attentes. Le sol vibra à la seconde où je touchai ma cible. Une vague ronde monta sur le lac. Encore suspendu dans les airs, comme un croissant de lune, mon corps répandit autour de moi toute la puissance amassée ; des dizaines de pétales multicolores se matérialisèrent dans l'air, tel un feu d'artifice aux multiples couleurs. Je retombai ensuite sur mes pieds, en position défensive, mais Daneruké n'avait pas encore touché le sol.

Après sa chute, mon mentor se redressa durement.

— C'est bien. Tu manipules suffisamment bien la Lumière. Tu connais les danses magiques mieux que je ne l'imaginais.

Il essuya un peu ses vêtements avant de poursuivre :

— Mais maintenant, il est temps, pour toi, de t'affronter. Tu peux dégainer tes armes.

— Mes épées? Mais je vais te blesser!

— C'est possible.

Danerukė s'avança près du grand chêne et y empoigna deux étuis dissimulés. Ils contenaient des poignards dorés.

— Avec cet armement, je peux te blesser également. Tu vois, il y aura un danger réel dans cet affrontement : rien de moins qu'un danger de mort. C'est là le défi ultime, tu ne trouves pas? Ne s'agira-t-il pas du moment idéal pour vérifier si tu as vraiment le contrôle de ton corps?

En proposant des armes meurtrières, il voulait m'effrayer, me faire peur. La peur constituait un élément suffisant pour déclencher les Ténèbres. Toutefois, sa tentative échoua. Je restai sereine, même sous la menace de lames affûtées.

Lentement, je tirai mes épées hors de leur fourreau pour les empoigner fermement, les lames tournées vers le bas. Je me remis en position défensive. Daneruké attendit une initiative de ma part, mais je demeurai sur mes gardes.

— Qu'est-ce que tu attends? Viens et attaque-moi!

— Non. Je t'attendrai ici.

Il s'agissait d'un test et j'eus la bonne réponse. Daneruké s'élança aussitôt. Il m'attaqua vivement avec sa paire de poignards. Je fis ricocher tous ses coups contre mes épées avant de répliquer par deux assauts, puis un troisième en tournoyant sur moi-même. Mon mentor les évita habilement. Il commençait déjà à accumuler de la Lumière.

Daneruké répliqua avec ses pieds à deux reprises, puis recommença avec ses armes. L'une des lames m'atteignit au bras droit, mais ne blessa pas ma peau coriace. Toutefois, l'intégrité de mon être s'en trouva perturbée. Mon corps percevait les agressions, il s'empressa de provoquer les Ténèbres somnolentes. De la concentration!

J'assénai à mon mentor une longue série d'attaques qu'il para fort habilement. Il profita de l'abaissement de ma garde pour m'administrer une autre écorchure sur le bras gauche ; une gifle additionnelle au visage du dormeur maléfique. Il devenait de plus en plus difficile de contenir toute cette force. Le rythme de mon cœur s'accéléra et de l'électricité invisible semblait parcourir mes longs cheveux rosâtres.

Malgré tout, je conservais mon calme. Daneruké n'avait pas conscience des flots d'énergie se bousculant en moi.

Mon mentor reprit l'attaque et, aussitôt, mes bras se figèrent sur place. Mes deux épées tombèrent. Le voyant foncer sur moi, mes dents s'échauffèrent et brûlèrent aussitôt mes gencives. Ma vue s'embrouilla comme si mon environnement devenait illuminé par rien de moins qu'une centaine de soleils. Prise de panique, je poussai un cri assourdissant avant de m'accroupir et reculer contre le chêne en tremblotant.

Mon mentor constata mon échec et le sien. Il laissa tomber ses poignards et me pris dans ses bras pour me rassurer. Je gelais, mes dents me faisaient horriblement mal, la lumière étincelante du ciel me donnaient des maux de tête. Les larmes me vinrent aux yeux, je grelottais comme si on venait de m'extraire d'une congère.

— Je suis désolée, Dan. J'ai échoué. C'est au-delà de mes capacités. Je me sens écrasée sous un énorme pied. Il n'y a rien à faire. On m'a condamnée.

Daneruké ne répondit pas. Il essayait de me réchauffer en me serrant contre lui, en me prodiguant l'amour d'un vrai père. Malgré tout, je me retenais pour ne pas fondre en larmes dans ses bras.

— Qu'il doit être difficile de vivre avec un tel fardeau! J'ose à peine imaginer ce lourd poids sur tes épaules. Nous n'aurions jamais dû nous affronter aujourd'hui.

— Comment ferai-je pour garder le contrôle, une fois libérée?

— Tu devras rester en dehors de tout conflit. La prévention sera ta meilleure protection.

Je restai encore de longues minutes dans les bras de Daneruké. Je me sentis soudainement merveilleusement bien. Les Ténèbres se retranchaient dans leur antre comme des serpents, pour s'endormir à nouveau, jusqu'à leur prochaine sortie.

* * *

Daneruké et moi vivions au centre de la chaîne de montagnes de Jovinie, à l'extrême est des Collines-aux-Aurores-Pourpres. Grâce au relief et aux courants venteux, il y faisait toujours chaud, même en hiver. Cela ressemblait à un été perpétuel, où fleurs et feuilles ne se fanaient jamais.

Cette vie ressemblait beaucoup à celle de ma tendre enfance, près de la mer. Je me retrouvais confinée dans un périmètre restreint avec l'interdiction formelle d'en franchir les limites. De plus, Kakimi gardait ses habitudes et nous ravitaillait plusieurs fois par mois. Seule différence majeure : j'avais maintenant un but, des objectifs à atteindre et énormément de travail à accomplir. J'apprenais à chasser les démons endormis en moi, et également les techniques de combat pour dérouter ceux voulant me mettre la main au collet. Shnar, par exemple.

Notre territoire avait la forme d'un énorme « 8 » de près d'un kilomètre de longueur. On retrouvait le chalet de Kakimi, notre vraie demeure, dans la première zone. Derrière cette habitation, un lac clair et luisant était bordé par des étendues d'herbes hautes et des rangées de fleurs odorantes.

Un sentier étroit, creusé entre deux vertigineux pics rocheux, menait jusqu'à la deuxième partie du territoire, où poussaient des centaines d'arbres fruitiers.

Le territoire de Kakimi, son lieu de repos favori, avait été conçu expressément pour nous permettre d'y vivre éternellement sans jamais avoir besoin d'en sortir. Même le plus assidu des voyageurs éprouvait la nécessité de jouir d'un peu de répit.

* * *

Je pratiquais des mouvements d'épées derrière les grands chênes, près du lac, et Daneruké s'affairait à remettre de l'ordre dans la maison. Il s'assurait toujours que tout était bien rangé avant que Kakimi ne vienne faire son tour. Le vieux marchand devait justement arriver d'une minute à l'autre. J'avais porté une attention spéciale à ma coiffure pour l'occasion.

J'adorais maîtriser les armes en solitaire. Au cours de mes exercices, je développais mon agilité, ma vitesse et, par-dessus tout, la grâce de mes gestes, tout en m'habituant à la vision du tranchant. Le souvenir de l'affrontement de la semaine précédente me hantait. Il me fallait à tout prix trouver une solution pour contrer ces appréhensions et ces forces obscures écrasantes. Ce remède, ma main ne pouvait l'atteindre encore. Le soleil porteur d'espoir allait bientôt se lever, très loin, au-delà des montagnes et des aurores.

Enfin, le voilà! La caravane descendait lentement les sentiers sinueux des montagnes. Sur le siège du cocher, le même gros bonhomme aux bonnet et nœud papillon blancs, au veston chocolat noir et portant des bagues à tous les doigts. Lui, il ne changeait pas.

Les deux mêmes chevaux tiraient le wagon : Térann, la brune endurcie, et Furon, le noir élancé. En parfaite synchronie, ils galopaient à travers les hautes herbes jusqu'en face de l'habitation, où ils s'immobilisèrent.

Je m'empressai de ranger mes épées pour aller l'accueillir chez lui :

— Kakimi! Kakimi! Je suis ici!

En m'apercevant, le marchand se retourna et m'offrit un large sourire.

— Ah ma petite! Comme tu es radieuse aujourd'hui! Viens serrer le vieux Kakimi dans tes bras!

Je lui sautai au cou. En voulant l'étreindre contre moi, je constatai que mes bras n'étaient pas assez longs pour faire complètement le tour de sa taille. Je me contentai alors de lui donner une bise sur la joue avant de l'entraîner à l'intérieur, presque de force.

Daneruké avait entendu les deux chevaux hennir près de la fenêtre de la cuisine. Il nous attendait accoudé contre le cadre de la porte, avec cet air béat que je lui voyais rarement ces derniers temps.

— Bienvenue chez toi, mon ami!

— Heureux de te revoir, Daneruké!

Le marchand détacha son veston épais et l'accrocha devant l'entrée.

— De l'autre côté, le printemps est hâtif, mes amis. La température est déjà étouffante. Ici, nous sommes beaucoup mieux qu'ailleurs!

Il s'assit à la table et mon mentor en fit autant. Comme je m'y attendais, Daneruké n'attendit pas pour briser ce moment agréable en exposant ses tracas soldatesques à Kakimi :

— Y a-t-il eu des développements sur les activités du roi dernièrement?

— Pas vraiment, répondit le marchand tout en hochant la tête. Depuis que Shnar a trahi son père, on n'entend parler que du prince! Toutefois, aucune nouvelle fraîche de la Guilde du Simulacre ne m'a frôlé les oreilles. Ils doivent se tenir tranquilles.

— Et les rebelles?

— Tous les belligérants sont sains et saufs. Leurs quartiers ont échappé à l'invasion du lieutenant Kazz. Maître Éwinga est vivante, heureusement, et toujours aussi déterminée à faire échec aux plans d'Izmalt. Son amour pour le Continent-Coloré est encore flamboyant.

— Oui, bien sûr. Ses plans...

Kakimi descendit à la cave pour quérir un barillet foncé. Il déposa trois chopes de bois sur la table.

— Pas pour moi, dis-je poliment à Kakimi. Je n'ai jamais vraiment aimé cette bière.

— Ce n'est pas de la bière, ma petite. Ce baril contient de l'Ash du Plateau-Doré, du cidre fait à partir de pommes bleues. Comme on dit si bien : assez fruité pour ne pas grimacer!

Le marchand sourit en entendant sa rime. Il fit couler un liquide olivâtre dans les trois contenants avant de nous les présenter. L'odeur dégagée par ce breuvage mêlait l'arôme de fruits frais à la fraîcheur d'une cascade d'eau pure. À petites gorgées, j'en oubliai le goût amer de l'alcool.

— Comment va l'entraînement? reprit Kakimi.

— Alégracia progresse, mais elle doit encore travailler sa concentration.

Quelle réplique prévisible! Chaque visite, la même question est posée, la même réponse est donnée. Elle progresse, mais…

— Vous avez encore du temps devant vous, dit le marchand pour nous rassurer. Tant qu'Izmalt ne récupère pas le Serpent d'Argent, il ne pourra jamais parvenir à ses fins. C'est une bonne chose que Shnar l'ait gardé pour lui. Depuis la fondation de sa Guilde du Simulacre, il se dresse à la fois contre nous et son père, formant ainsi un triangle d'opposition entre sa guilde, la rébellion et Izmalt. Trois camps, trois chefs… trois buts.

Le marchand fit une pause pour prendre une gorgée d'Ash. Il recommença ensuite à parler, cette fois avec une attitude plus sérieuse :

— Je devrai l'emmener bientôt. Alégracia nous sera d'une aide précieuse lors du Dernier Assaut.

— Allons! le coupa Daneruké en haussant les épaules. Elle n'est pas préparée à un événement de cette importance. Qu'irait-elle faire là-bas, de toute façon?

— Daneruké… Si ce n'était que de toi, elle resterait prisonnière de cette vallée éternellement. Je te connais, mon vieux, et malgré tout, je te comprends un peu.

Personne ne peut être prêt à ça. Mais cette fois, il le faut simplement. Après tout, cette guerre est la sienne. Elle a le droit d'y participer ou, du moins, d'y assister à partir des hauteurs du Palais de Bois. Ce serait la moindre des choses, tu ne crois pas?

Kakimi s'adressa alors à moi.

— Je veux que tu sortes d'ici. Tu as tant à voir, tant à comprendre. Tu ne trouveras pas ta voie en restant enfermée entre ces bâtons d'illusion.

— Si elle sort maintenant, s'objecta Daneruké, sa voie sera celle de la damnation. Une seule transformation suffira pour la perdre à jamais!

— Je peux me contrôler, Daneruké! lançai-je, vexée. J'ai de la discipline, mais tu n'as jamais voulu la considérer!

— Voilà la preuve que non! Regarde-toi! Tu es déjà rouge de colère. Calme-toi!

Voyant mon argument totalement écrasé, je croisai les bras en fronçant les sourcils. Personne ne parla ensuite et je devins rapidement mal à l'aise. Je n'avais effectivement pas acquis la sagesse nécessaire pour me défendre contre les propos de mon mentor.

Me sentant totalement vaincue, j'avançai rapidement vers la porte du chalet pour aller prendre un peu d'air. Le commerçant me surprit au moment où je m'apprêtais à sortir :

— Tu ne désires pas des nouvelles de Mosarie?

— Ma mère n'existe plus.

À cette réplique, le cœur de Kakimi tressauta. Il fut si troublé qu'il s'en serra la poitrine.

— Maintenant, veuillez m'excuser, continuai-je avec une voix ridiculement colérique. Je… je vais aller cueillir des fruits pour ce soir.

Je les quittai ensuite, encore vexée de l'attitude de Daneruké. Je faillis claquer la porte, mais retins mon geste au dernier moment.

* * *

Lorsque les deux soldats se retrouvèrent seuls à nouveau, Kakimi murmura :

— Comment? Tu lui as dis la vérité?

— Pas tout à fait.

— Mais quoi? Tu m'avais promis de ne pas lui en parler!

Daneruké prit une grande respiration avant d'avouer :

— C'est une longue histoire, et c'est arrivé… il n'y a pas si longtemps. Mais je peux t'expliquer, évidemment.

Il s'adossa alors contre le dossier de sa chaise, tout en gardant le regard bas.

— À cause de cela, j'ai l'impression qu'Alégracia a chassé certaines pensées de son esprit de façon définitive. Je pense entre autres à sa mère et à sa sœur. Dans l'avenir, si jamais elle rencontre Sintara, elle ne la reconnaîtra pas.

Daneruké laissa ensuite planer un silence évocateur.

Kakimi en profita pour se plonger dans une nouvelle réflexion. Pour rassurer son ami, il lui avoua immédiatement :

— Je crois savoir de quoi tu parles. Raconte-moi tout de même ce qui s'est passé…

* * *

Une grande respiration de l'air extérieur me suffit pour me calmer. Le soleil venait de se coucher, le ciel se colorait des dernières teintes rouges et orangées avant de laisser place à la pénombre de la nuit. Je pris un sac brun dans le cabanon et me dirigeai vers le verger en marchant tranquillement sur l'herbe. Les végétaux prenaient des teintes grises sous l'illumination rougeoyante du ciel vespéral.

« Pas assez de concentration… ». Pour Daneruké, je n'allais jamais être prête. Depuis les dernières années, il s'était endurci à mon égard. Le danseur libre et simple que j'avais connu jadis semblait avoir disparu à jamais. Le simple fait d'avoir renoué avec le combat, la discipline et la rigueur avait radicalement transformé cet homme jovial en un enseignant sévère et strict. Il prenait d'ailleurs un vilain plaisir à me rappeler continuellement mes défauts.

Je gardais espoir que cette discipline imposée pût un jour faire disparaître les traces de démon imprégnées dans ma chair. L'un de mes arrière-grands-parents avait été un Kajuvâr de sang pur, un démon formé directement par une manifestation des Ténèbres en notre monde. À cause du sang noir dans mes veines, je risquais chaque jour de me transformer complètement en créature noire, destinée au carnage et à la violence.

Tant que je ne me laissais pas emporter par la colère ou la peur, j'allais résister à cette emprise. Mon âme devait rester sereine. Je réussissais ainsi à attirer une dose suffisante de Lumière à travers mon corps pour neutraliser ces pulsions néfastes.

À l'horizon, le ciel se colorait de violet et tournait lentement au noir. Les premières étoiles apparurent graduellement à l'est.

Je franchis le corridor reliant les deux zones de ce territoire. D'immenses rochers gris pâle m'entouraient. Ils étaient tous striés de craquelures obliques. De loin, ils ressemblaient à de gros pouces recourbés qui émergeaient de la terre.

J'aboutis enfin à l'orée du verger. Des milliers d'arbres et d'arbustes nous y offraient leurs délicieuses denrées. Plus d'un arbre sur dix ouvrait ses bourgeons en fleurs pour produire une nouvelle récolte de fruits juteux.

Un parfum envoûtant emplissait l'air de ce lieu. Pas seulement celui des fleurs; la fraîche odeur des fruits et du bois me procurait la même extase qu'autrefois, le même abandon spirituel capable de purifier mon âme. J'avais besoin de ce contact avec la nature comme un poisson a besoin d'eau pour survivre.

Une fois entourée de toutes ces denrées attirantes, je me retrouvais toujours confrontée au même dilemme : l'embarras du choix.

* * *

Une demi-heure plus tard, Daneruké et Kakimi riaient de bon cœur en se racontant leurs histoires.

— Je te jure, cria le marchand en riant. Cette poétesse de la Vallée-Rouge m'a vendu la plume en or pur pour seulement quatre Rougearres. Je n'en revenais pas! Elle n'a même pas marchandé.

— Et depuis quand arnaques-tu tes clients, Kakimi?

— Écoute! Elle appartenait aux Rachitinav! Ceux-là ne manquent pas de ressources financières. On pourrait considérer cette transaction comme une redistribution équitable des richesses.

— Tu te crois pauvre maintenant?

— Pas moi…

Le marchand prit soudain une attitude plus sérieuse.

— Tu dois savoir cela, mon ami : presque la totalité de mes revenus actuels se retrouvent directement entre les mains de maître Éwinga. Ces temps-ci, elle a un urgent besoin de financement. Après la dernière invasion des Collines-aux-Aurores-Pourpres, la situation des rebelles est loin d'être aisée.

Daneruké s'assit plus confortablement dans son fauteuil.

— C'est bien d'elle que tu m'as parlé, l'autre jour? Elle est une Akdath, si ma mémoire est bonne.

— Maître Éwinga est effectivement une Akdath de sang pur. Un ange muet et aveugle, capable de sonder l'âme des gens. Elle peut deviner le passé d'une personne en lui frôlant la main et, de plus, elle peut sonder les membres de sa famille, ainsi que ses meilleurs amis.

— Muette et sourde. Si je me souviens bien, Éwinga possède des dons lui permettant de voir et de communiquer par l'esprit.

— Exact, lança fièrement Kakimi.

Le marchand se versa un cinquième verre d'Ash du Plateau-Doré. Bien que son état d'ivresse devenait de plus en plus évident, Daneruké ne remarqua rien d'anormal. Après tout, il avait bu exactement la même quantité d'alcool que son ami.

Justement, ce dernier devenait graduellement plus enclin à raconter des histoires qu'il préférait habituellement garder secrètes. Après avoir bu la première gorgée de son verre, il commença à dévoiler certains faits du passé :

— À l'époque où il était l'héritier officiel d'Izmalt, Riuth a rencontré maître Éwinga pendant un voyage aux Collines-aux-Aurores-Pourpres. Après une longue conversation, durant laquelle Riuth s'était confessé à propos de la tournure désagréable que prenait sa vie, l'Akdath l'a touché. Elle avait aussitôt décelé toute la tristesse du prince, mais aussi un immense tourbillon bleu, énigmatique.

« Riuth a vite compris que ces visions ébranlaient Éwinga. Cette dernière avait d'ailleurs sentit un trouble sérieux dans sa famille. Elle a tenté de sonder son frère, Shnar, et elle a encore vu le même tourbillon. Puis finalement, lorsqu'elle a concentré ses pensées sur Izmalt, elle est carrément tombée à la renverse.

— Qu'a-t-cllc vu?

— La mcncuse des rebelles n'ose jamais en parler dans le détail. D'après ses dires, elle aurait vu l'apocalypse, la destruction du Continent-Coloré par une armée de fantômes.

— Et cette destruction serait amenée par Izmalt?

— Nous le croyons tous. Mais encore, personne ne pourrait expliquer ses motifs, ni déterminer les moyens dont il dispose. Selon l'Akdath, le Serpent d'Argent a quelque chose à y voir.

— Mais Shnar possède le Serpent maintenant.

— Effectivement. Le prince était chargé de creuser la terre des Bois-Verts pour y trouver l'arme maudite et la remettre à son père. Toutefois, le jour où il l'a découverte, le prince s'est aussitôt déclaré chef d'un groupe nommé La Guilde du Simulacre et il a gardé l'arme pour son entreprise. Avec le Serpent d'Argent, Shnar n'a plus à craindre les hommes d'Izmalt.

— Et que veut maintenant, Shnar? Que compte-t-il faire avec le Serpent?

— La rumeur stipule qu'il voudrait renverser le roi pour s'approprier son pouvoir. Avec le Serpent d'Argent entre les mains, c'est une possibilité envisageable, malheureusement.

— Mais si Shnar tue Izmalt, les problèmes des rebelles ne seront-ils pas réglés?

— Il est certain que l'opposition entre le prince et son père nous fait gagner un temps précieux. Toutefois, la victoire d'une des parties entraînerait des conséquences inquiétantes. Si Shnar renverse Izmalt et prend le pouvoir du Continent-Coloré, un gouvernement oppresseur nous attendra sans doute. Personne n'osera s'opposer au pouvoir établi, car Shnar règnera avec ce que plusieurs considèrent comme la plus puissante arme du monde.

« D'un autre côté, si Izmalt capture ou tue Shnar, il mettra la main sur le Serpent d'Argent et ses desseins maléfiques pourraient enfin s'accomplir. Je parle de la vision d'Éwinga… »

Daneruké soupira longuement. Toutefois, avant de répondre à son ami, il entendit un bruit suspect dans le chalet. On aurait dit qu'un objet métallique venait de tomber dans la pièce adjacente. Il se leva donc, en chancelant légèrement, et avança vers la cuisine pour vérifier de quoi il s'agissait.

Kakimi, en regardant son ami, jugea qu'il était temps de ranger son barillet du Plateau-Doré. Il souleva le contenant à deux mains et constata, à sa grande surprise, qu'il ne pesait presque plus rien. En le brassant, il entendit à peine le liquide bouger au fond.

Le marchand décida donc de le rapporter à la cave. Il prit en note, sur un bout de papier froissé, de retourner à Sabrion pour remettre la main sur quelques bouteilles de ce délicieux nectar.

Toutefois, avant d'avoir franchi le seuil de l'escalier, il entendit un nouveau bruit dans la cuisine. Son cœur se serra de nouveau, car, cette fois, il s'agissait définitivement d'une bagarre.

* * *

J'avais ramassé un petit panier de framboises et un gros panier de fraises rempli à ras bord. Tout cela allait être un régal pour la collation, surtout pour Kakimi. Le marchand aimait se délecter de fraises bien mûres jusqu'à en avoir mal au ventre.

Ma promenade m'avait remis les idées en place. Je me trouvais stupide de m'être fâchée ainsi contre Daneruké ; ce n'était d'ailleurs pas la première fois. Quand je m'irritais de la sorte, sans véritable raison, il expliquait toujours mon comportement en se référant à une crise d'adolescence. À n'y rien comprendre.

Le croissant de lune brillait dans le ciel étoilé. Un vent léger agitait les feuilles des arbres. Je humai une dernière fois les parfums de la nature avant de reprendre le chemin menant au chalet.

Lorsque j'eus franchi le passage rocheux entre les deux zones, je sentis une tout autre odeur : de la fumée. « Ils ont fait un feu à l'extérieur » pensai-je naïvement, sans réellement me poser de questions. Je continuai jusqu'en haut du sentier pour apercevoir la demeure et là, je fus frappée de stupeur.

Le chalet de Kakimi brûlait...

Mes yeux étaient rivés sur les longues vagues de feu, qui crachaient une fumée épaisse. Je n'arrivais pas à y croire. L'incendie démesuré ravageait entièrement la maison. Les flammes montaient tellement haut ; leur éclat rutilant se réfléchissait sur les montagnes et le lac.

Au lieu de ressentir de la peur, je fus submergée par l'énergie du courage. Ce fut là une preuve que les enseignements de mon mentor avaient porté leurs fruits, malgré tout. Au lieu de m'enfuir, je pensai immédiatement à la sécurité de mes amis.

Je ne voyais ni Daneruké ni Kakimi à l'extérieur. La caravane du marchand et les chevaux avaient miraculeusement été épargnés par les flammes.

Je me mis à courir de plus en plus vite! Le sifflement du vent dans mes oreilles me rendait pratiquement sourde. J'avais l'impression de tomber en chute libre, mais à l'horizontale. Au bout du talus, je bondis et retombai en roulant dans l'herbe, puis repris ma course sans tituber le moindrement.

Une fois tout près, je fus éblouie par l'éclat du chalet enflammé. Sa lumière orangée, et surtout très vive, me chauffait déjà la peau.

— Daneruké? Kakimi? hurlai-je à tue-tête près des murs.

Aucune réponse. Je répétai à trois reprises.

À la dernière tentative, j'entendis un râlement assourdi qui ressemblait à la voix de Daneruké. J'allais devoir m'engouffrer dans les flammes pour aller lui porter secours.

La porte avant était à moitié ouverte. À cause des vents puissants, le feu jaillissait de l'autre côté. J'allais donc pouvoir entrer sans craindre de brûler vive au premier instant.

Je courus tête baissée dans le chalet. L'incendie grimpait sur les murs et glissait lentement le long du plafond, dans un mouvement fluide qui me rappelait celui de l'eau d'une rivière. La chaleur et l'épaisse fumée me firent aussitôt suffoquer ; cette sensation âpre me rappela une certaine mésaventure avec des Grignôles.

Au moment où je longeais la cuisine, une partie du plafond s'effondra et fit gicler une montagne de braises sur le plancher. J'osais à peine reculer, les flammes me cernaient complètement. Des poches de chaleur étouffantes se soulevaient autour de moi. En voyant toutes les issues disparaître une à une, je me rendis au salon en courant, toujours en gardant la tête baissée.

J'inspectai chaque espace, chaque recoin pour tenter de repérer mes amis. Par chance, je vis un pied dépasser de l'autre côté d'un divan entièrement calciné. Sans perdre une seconde, j'y rampai et aperçus alors la silhouette de Daneruké, adossée contre le mur, les bras affaissés le long de son corps. Je le pris dans mes bras et le tirai malgré son poids important.

Les braises transformaient la cuisine en une véritable fournaise. Revenir sur mes pas s'avérait pratiquement impossible. Je ne pouvais envisager qu'une seule voie pour nous sortir de là : la fenêtre cassée près de l'escalier. J'y courus et sentis les éclats de verre se briser sous mes bottes. Après avoir dégagé les derniers morceaux de vitre du cadre, je hissai mon mentor pour le pousser vers l'extérieur avant de sauter moi-même hors de ce four.

Ayant passé trop rapidement de la lumière vive à la noirceur, mon iris contracté me rendit presque aveugle. Je déployai les efforts nécessaires pour soulever à nouveau Daneruké et l'emmener en sûreté, près du chêne en bordure du lac.

J'appuyai mon mentor contre le tronc de l'arbre. Il semblait inerte. Je devais le retenir à deux mains pour éviter qu'il ne tombe par terre.

— Daneruké! Ça va?

Il ne répondit pas. Je pris sa main ; elle me sembla anormalement lourde. Je crus que la fumée lui avait fait perdre conscience. Sa peau était chaude et rugueuse.

— Dan! Tu dois te réveiller! Est-ce que Kakimi se trouve à l'intérieur?

Mon mentor râla, sans toutefois bouger. Je lui secouai les épaules pour tenter de le réanimer. Il parvint à émettre quelques sons.

— Ka…mi… non...

— Daneruké! S'il te plaît, réveille-toi!

Là, j'eus un choc terrible. Alors que mes yeux s'adaptaient, je constatai avec horreur qu'en plus des affreuses brûlures subies par mon mentor, son torse avait été perforé à trois reprises, vraisemblablement par une arme blanche. Daneruké baignait dans son sang, et le liquide rougeâtre coulait toujours des plaies.

— Dan! Tu dois te ressaisir! Courage!

Ses yeux à moitié ouverts ne fixaient déjà plus rien, sa bouche entrouverte laissait glisser quelques gouttes de sang épais. Sa tête pencha lentement vers l'avant et son front toucha mon épaule.

— Daneruké! protestai-je les dents serrées. Ne me laisse pas!

Deux grosses larmes roulèrent sur mes joues. Le rythme de mon cœur s'accélérait. Je n'arrivais plus à saisir les événements. Je blottis Dan contre moi et l'enlaçai très fort, le regard figé et vide. Ses muscles se relâchèrent et il s'affaissa sur moi.

— Ne me laisse pas. Tu ne peux pas partir!

Je voulus hurler, mais je resserrai les dents afin de contenir ma colère. Je reniflais sans cesse, mes épaules tressaillant à cause d'un si grand chagrin. Les mains inertes de Dan reposaient toujours sur le sol.

— Dan! Non... non! Relève-toi! Je t'en supplie! Relève-toi!

Je grimaçai si fort que j'en eus mal. Mon cœur semblait vouloir s'arrêter de battre. Les larmes coulaient sur mes joues comme une cascade.

Je poussai un hurlement strident vers le ciel, puis geignis avec hargne. Je n'arrivais pas à y croire. La bouche entrouverte, le visage contracté par la douleur, je tentais en vain de crier.

« Dan? Dan... Écoute-moi. Tu dois demeurer avec moi. »

Les larmes se succédaient. Mon impuissance devant la fatalité me révoltait. L'impensable prenait vie, Daneruké venait de mourir, doucement, dans mes bras...

« Dan, ne pars pas. Reste... Reste. Je t'en supplie. »

Je restai blottie contre son corps en le berçant doucement, comme pour consoler un enfant chagriné. L'intensité de mes émotions diminuait progressivement. J'avais réussi à ne pas me perdre en me laissant envahir par la colère. Je le fis par respect, en hommage aux enseignements de mon maître.

« Tu as brisé ta promesse, la même que je n'ai pu tenir autrefois. Comment peut-on jurer de ne jamais abandonner un être cher? Comment, dis? Comment?

« La prochaine fois… la prochaine fois, je tiendrai ma langue. Là est ma promesse. Ma seule et dernière promesse. »

D'une main tremblante et douce à la fois, je lui refermai lentement les paupières. En l'observant avec amour, le visage rougi, je murmurai :

« Pars en paix, papa… »

L'amour éternel. Je venais de tout saisir.

Chapitre II

Les Xayiris

Perchée sur sa branche, juste au-dessus du ravin, Nao'Zeel, la colombe rougeoyante, ressentait un malaise depuis la veille. Quelqu'un venait de mourir dans la province, près des montagnes à l'est. L'oiseau savait très bien ce qui venait de se passer, et ses sens ne pouvaient le trahir. Il était le Xayiris de l'amour.

Évidemment, les sensations désagréables qui parcouraient son corps n'avaient guère été provoquées directement par une mortalité. Ce domaine appartenait à Nar'Aluz, le Xayiris de la vie, qui se trouvait alors sur l'Île-Argentée. Ce dernier était alerté par les occurrences de décès sur le Continent-Coloré. Généralement, il pouvait en distinguer deux types : d'abord, la mort qui venait tout naturellement, comme la vieillesse, les maladies courantes ou même les cas accidentels. Nar'Aluz s'y intéressait rarement puisqu'il ne pouvait intervenir dans ces situations. Il humait ces relents tant et aussi longtemps qu'ils duraient, puis il les oubliait. Néanmoins, les trépas violents, comme ceux résultant d'un meurtre, le troublaient d'une tout autre manière. Dans ces cas-là, le Xayiris subissait des étourdissements si intenses qu'il en perdait la capacité de voler.

Nao'Zeel subissait justement des symptômes comparables en cette chaude matinée. Il savait qu'un homme venait de succomber, mais le Xayiris l'avait seulement déduit. Une émotion qui relevait directement de son champ d'expertise s'était manifestée : une explosion d'amour provoquée par la perte d'un être cher.

Étrangement, ce genre de tristesse perturbait la colombe rouge encore davantage que toutes formes de haine.

L'oiseau tourna la tête et fixa l'horizon. Il se demanda encore quelle tragédie pouvait avoir provoqué tant de bouleversements. Un bouleversement qui, toutefois, semblait atténué par une émotion malsaine : un refus d'accepter la réalité ou simplement un refoulement. Nao'Zeel l'interpréta ainsi : une peine interdite, inhibée de façon maladroite. Pour disparaître complètement, le chagrin devait être exprimé, et ce, dans sa totalité. Du moins, c'est ce que le Xayiris de l'amour croyait.

Dans les montagnes de Jovinie, il en était tout autrement. Quelque chose n'allait pas.

La colombe avait déterminé que la jeune protégée de Kakimi était en proie à ces tourments. Il savait aussi très bien que personne ne pouvait entrer dans leur domaine, excepté Daneruké le danseur et le marchand lui-même. Lequel des deux venait de trépasser? Nao'Zeel aurait eu besoin de Nar'Aluz, gardien de la vie, pour le savoir avec précision.

Elle s'appelait Alégracia. Le Xayiris de l'amour la connaissait un tant soit peu, car il lui arrivait, à de rares occasions, d'espionner la jeune fille. Kakimi lui avait permis d'agir de la sorte, quelques semaines après l'arrivée de la jeune fille à son chalet. Durant une réunion secrète, le marchand avait montré au Xayiris l'emplacement des bâtons d'illusions qui cernaient son territoire, et même la façon de déjouer prudemment cette magie.

Nao'Zeel pouvait se rendre dans ce domaine à une seule condition : ne jamais se montrer au grand jour. Le Xayiris avait respecté sa promesse jusque là. Il avait réussi à garder une discrétion totale en demeurant un observateur silencieux, et ce, malgré son puissant désir de se manifester devant la jeune fille. Toutefois, avec la mort qui était survenue la veille, les choses allaient peut-être changer pour la colombe rouge. Elle ne savait qu'en penser pour le moment. Avant d'agir contre la volonté de Kakimi, Nao'Zeel devait d'abord connaître les circonstances qui entouraient cette tragédie.

Dans l'immédiat, le Xayiris de l'amour ne pouvait voler nulle part. Il avait promis à Dal'Astar et Tor'Dello de rester en position durant leur absence. La colombe devait donc attendre leur retour avant d'entreprendre ses actions.

Quand ces derniers allaient arriver, Nao'Zeel irait subrepticement continuer sa surveillance... ailleurs.

* * *

Une heure plus tard, le chef des Xayiris attendait toujours ses deux confrères. Ces derniers n'étaient guère partis bien loin, pourtant. Ils auraient dû arriver beaucoup plus tôt. Nao'Zeel s'inquiétait à leur sujet.

Pendant ce temps, la colombe rouge surveillait toujours les esclaves, juste en dessous, et s'insurgeait contre les mauvais traitements qu'ils subissaient. L'un d'eux venait de recevoir une puissante gifle de la part du lieutenant Kazz, le soldat le plus gradé d'Holbus. Ce dernier ne parlait jamais et avait des yeux vitreux, sans pupilles. En général, il était absent du chantier, mais il lui arrivait quelques fois d'y faire une brève apparition. Il s'y présentait uniquement pour battre un homme sans défense et ainsi remémorer à tous qu'il détenait un pouvoir absolu.

Heureusement pour lui, Nao'Zeel vit Tor'Dello, l'hirondelle jaune, survoler le ravin. Ce dernier venait le rejoindre. Contrairement à ce à quoi le Xayiris de l'amour s'attendait, Dal'Astar, le protecteur de la liberté, ne l'accompagnait pas.

Quand Tor'Dello se posa sur la même branche que son chef, il se mit immédiatement à piailler. Ce langage, que les Xayiris appelaient le xil, était un dialecte que les humains confondaient avec le chant des oiseaux ordinaires. Il fallait absolument être un ange pour bien interpréter cette forme d'expression.

— Désolé du retard, s'excusa immédiatement l'hirondelle. J'ai terminé ma patrouille. J'ai visité toutes les villes de la province.

— Rien à déclarer, cette fois?

— Non. Elles sont toujours désertes. Eiro-Van est la seule exception.

— Et comment se portent vos dynamiteurs? Seront-ils au rendez-vous?

— Sincèrement, je n'en ai pas la moindre idée. Ils sont très réceptifs à mon influence justicière, mais paradoxalement, pour le moment, ils errent et pillent comme bon leur semble. Il me sera impossible de communiquer avec eux tant et aussi longtemps qu'il n'y aura pas d'eau...

— Nous avons tous le même problème, Tor'Dello. Le roi d'Holbus n'est pas aussi idiot qu'il en a l'air.

Les deux Xayiris poussèrent un soupir de désespoir. Leur plan n'allait finalement pas fonctionner comme ils l'avaient prévu.

À peine quelques minutes plus tard, Dal'Astar, le cardinal vert et protecteur de la liberté, vint rejoindre les deux autres. Contrairement à l'hirondelle jaune, il était arrivé de l'ouest.

— Riuth est toujours aux frontières de la Vallée-Rouge, leur apprit-il, encore essoufflé par son périple. Il a de la difficulté à avancer discrètement. Izmalt a posté de nombreux gardiens à cet endroit.

— Que lui as-tu suggéré? s'informa aussitôt la colombe rouge.

— Je lui ai dit de faire un détour par le sud, à la frontière du Plateau-Doré. Cette province ne fournit aucun soldat, contrairement à la Vallée-Rouge. Il passera plus facilement.

— Ça lui prendra des jours!

— Peut-être. Mais dans les circonstances, nous n'avons pas vraiment le choix. Si l'ennemi découvre que Riuth se trouve à la frontière, notre surprise sera gâchée.

Pour appuyer son confrère au plumage vert, l'hirondelle prit la parole :

— Au fond, c'est une bonne chose. Cela laissera plus de temps aux dynamiteurs pour nous rejoindre.

La réplique de Dal'Astar fut rapide et froide :

— Nous n'avons pas la moindre assurance qu'ils viendront! Allons, Tor'Dello! Il ne faut pas compter sur leur aide!

— Tu étais d'accord avec ce plan depuis le début, pourtant! Et là, quoi? Tu changes d'idée?

— Oui, justement. À moins que tu ne trouves un moyen miracle pour leur parler, chose que tu aurais dû faire bien avant qu'ils n'aient traversé les montagnes!

— Silence! s'objecta immédiatement Nao'Zeel pour mettre un terme à ce conflit. Dal'Astar a raison. Nous ne pouvons pas tenir l'aide des dynamiteurs pour acquise. Loin de là.

Il tourna la tête vers le cardinal vert avant de continuer :

— Nous devons néanmoins faire un usage judicieux du temps et des ressources qui sont à notre disposition. Si nous avons réussi à entraîner les dynamiteurs jusque dans cette province, il ne doit pas être impossible de les attirer ici!

— Il nous faudrait un messager, quelqu'un qui pourrait leur parler, s'essaya l'hirondelle jaune.

— Et qui donc? lui répondit vertement Dal'Astar. Riuth n'ira pas traverser les Collines-aux-Aurores-Pourpres seulement pour quémander une aide qui, de toute façon, pourrait légitimement lui être refusée.

Pendant que les protecteurs de la liberté et de la justice multipliaient les mésententes – cela était plutôt fréquent –, Nao'Zeel se mit à réfléchir sur ce qu'il venait d'entendre. Ses compagnons avaient raison : quelqu'un devait aller à la rencontre des dynamiteurs. Si ces derniers avaient bien reçu l'influence justicière de Tor'Dello, il ne leur aurait fallu qu'un léger coup de pouce pour qu'ils eussent marché vers cette structure. Là, ils auraient eu le champ libre pour faire leur travail.

Mais qui pourrait le faire? se demandait la colombe. Il ne restait plus personne dans les Collines-aux-Aurores-Pourpres, excepté quelques rares soldats en patrouille et les ermites qui leur avaient échappé. Idéalement, il aurait fallu une personne qui aurait cherché à s'enfuir de la province et qui aurait besoin d'aide. Les ermites refusaient catégoriquement de quitter ces terres, il était donc inutile de les considérer. De plus, une communication verbale aurait été requise pour leur expliquer la situation. Impossible.

Nao'Zeel avait de la difficulté à se concentrer, car il ressentait toujours le malaise engendré par la tristesse d'Alégracia. Son chagrin d'amour, très intense, ne s'atténuait toujours pas et le Xayiris en devint inquiet. Il avait l'impression que personne ne se trouvait auprès d'elle pour la rassurer et la consoler. Ses idées s'entremêlaient et le doute envahit son esprit. La colombe se posa alors une nouvelle question : la jeune fille éprouvait-elle de l'amour non pas pour un seul, mais pour deux êtres perdus? Si tel était le cas, elle se trouvait désormais seule au monde.

— Alors, Nao'Zeel, demanda Dal'Astar pour tirer la colombe hors de sa réflexion. Que ferons-nous avec les dynamiteurs? Nous les oublions tout en espérant vainement leur arrivée?

— Tu n'as rien compris, soupira l'hirondelle jaune, devant le silence du chef.

— Nous changeons de stratégie, oui ou non?

La colombe demeura coite encore quelques secondes avant de recommencer à piailler, en douceur :

— Non…

Les deux autres Xayiris attendirent des explications, mais Nao'Zeel n'ajouta rien d'autre. Il pensait toujours à Alégracia et, lentement, il ébauchait un plan dans son esprit. Et si les dynamiteurs rencontraient cette jeune fille, qu'allait-il se produire? songea-t-il. Elle qui, de toute façon, ne pouvait peut-être plus demeurer seule au cœur des montagnes. Alégracia pouvait-elle être la solution à ce problème? Peut-être, se dit Nao'Zeel, soudainement excité par des idées trop nombreuses. Il réfléchit alors aux plans d'avenir qu'il préparait pour son ordre et pour Riuth également. Le prince allait bientôt les rejoindre, justement, et l'appel des dynamiteurs allait être une excuse parfaite pour dissimuler ses réelles intentions.

— Je vais m'en occuper personnellement, ajouta-t-il sans observer les deux autres.

— Et… de quelle façon? demanda le cardinal vert.

— Écoute… Je ne resterai pas ici sans rien faire, en regardant les rebelles se faire malmener par le lieutenant Kazz, répliqua Nao'Zeel pour déjouer subrepticement la question. Il est temps d'agir, tout simplement.

— On croirait entendre Tel'Dree.

La Xayiris de l'amour s'efforça d'ignorer le reproche. Il préféra mettre un terme à la discussion, pour éviter d'amorcer un débat cinglant qui leur ferait perdre du temps.

— Je vais tenter de les attirer ici, leur apprit-il.

— C'est inutile, protesta l'hirondelle jaune. J'ai déjà essayé. L'homme ne s'intéresse même plus à son alliance, alors pourquoi suivrait-il une colombe rouge?

En fait, Nao'Zeel doutait également du succès de son entreprise. Pour réussir, il devait compter sur deux choses : l'amour qu'Alégracia éprouvait pour la nature, et aussi la curiosité qu'elle ressentait envers les Xayiris. Ces deux aspects étaient bien présents chez la jeune fille, il le savait grâce aux nombreux témoignages des membres de son ordre. Mais était-ce en quantité suffisante?

Comme le temps manquait, Nao'Zeel choisit d'arrêter de multiplier les suppositions. Selon lui, il n'y avait qu'une seule façon d'évaluer le potentiel d'Alégracia : se rendre auprès d'elle et observer son comportement. De plus, pendant son vol, il allait pouvoir mieux songer aux stratégies qu'il allait employer pour accomplir son œuvre.

Pour le moment, les regards interrogateurs de Tor'Dello et de Dal'Astar dérangeaient la colombe dans ses réflexions. Avec des chants autoritaires, ce dernier annonça donc à ses confrères :

— Je pars dès maintenant. Je veux que vous restiez en place jusqu'à mon retour.

— Et notre vigie dans la Contrée-Bleue, vous l'oubliez? demanda le cardinal. Il serait à peu près temps pour nous de découvrir où s'est retranchée la Guilde du Simulacre.

Bien que cette protestation dérangeât l'oiseau rougeoyant, il dû reconnaître que Dal'Astar avait raison sur ce point. Garder un œil sur cette troupe de bandits était primordial, car elle était majoritairement composée de vagabonds aux manches blanches. Ces derniers individus bénéficiaient d'une protection totale contre le pouvoir détecteur des Xayiris et ce, depuis l'époque de la Grande Libération. Nao'Zeel devait donc déployer des efforts considérables pour suivre leur avance au sein des provinces du Continent-Coloré.

— C'est vrai, accorda la colombe. Vous pourrez entreprendre vos recherches. De toute façon, je serai revenu ici bien avant Riuth. Je pourrai lui parler en votre nom.

Le cardinal et l'hirondelle hochèrent la tête, saluèrent leur chef et s'envolèrent aussitôt vers l'ouest. Quant à Nao'Zeel, il n'attendit pas plus longtemps pour prendre son essor dans la direction opposée.

Avec Alégracia, le meneur des Xayiris voulait faire d'une pierre deux coups. D'abord, il allait tenter sa chance en l'utilisant auprès des dynamiteurs, pour les faire réagir. Si cela venait à fonctionner, il allait ensuite s'assurer que la jeune fille les accompagnerait jusqu'au ravin. Là, elle allait peut-être y rencontrer Riuth.

Le plan de Nao'Zeel était simple : il désirait que Riuth soit en parfaite harmonie avec la Lumière. Ainsi, sa dépendance envers l'arme qu'il portait, l'épée Xilasire, allait enfin être brisée. Il n'existait aucun autre moyen, selon la colombe. Dans l'esprit du prince, les énergies positives des anges Xayiris brillaient de tous leurs éclats : la vie, la justice, la liberté, la beauté et la paix. Il n'en manquait qu'une seule…

Pour Nao'Zeel, le temps était enfin venu de tout mettre en branle.

Chapitre III

À la dérive

J'avais enterré Daneruké au centre du verger, dans une clairière illuminée par le soleil matinal. Avant de l'avoir définitivement recouvert de terre, je m'étais assise devant la fosse pour l'observer une dernière fois. D'une voix presque inaudible, je lui avais partagé tout l'amour que je n'avais pu lui offrir durant son vivant. Je m'étais excusée également d'avoir été une apprentie dissipée plutôt qu'une élève parfaitement obéissante. Tant de regrets m'accablaient. En fermant les paupières, je lui avais répété mille promesses sur l'avenir, sur le monde qui m'attendait au loin.

Je lui avais lancé des centaines de pétales, un à un. Un pétale pour chacun des agréables souvenirs que je conservais de lui.

Une fois mon mentor entièrement enseveli, je restai en bordure de son lieu de repos. À genoux, les mains tâtant l'herbe et les trèfles, je laissai couler ma peine une dernière fois avant de me relever.

Kakimi demeurait introuvable. Je l'avais cherché toute la nuit, j'avais même fouillé un tant soit peu les décombres du chalet. Aucune trace du marchand. Ce matin encore, je n'y trouvais que des cendres et les résidus calcinés du mobilier. À la périphérie des ruines, près du grand chêne, je découvris un fragment de tissu d'un bleu tirant sur l'indigo.

Il ne restait plus rien dans la vallée, seulement les deux chevaux attachés près du lac et la caravane de Kakimi. Les doubles-portes de l'arrière avaient été laissées ouvertes. On y avait pillé tous les objets précieux, allant des bagues les plus fines jusqu'aux massifs boucliers de platine.

Qui avait osé commettre ces atrocités? Les seuls indices dont je disposais étaient cette mystérieuse pièce de tissu indigo, sans doute arrachée à un vêtement, et de nombreuses traces de pas allant vers l'ouest. Il était difficile de les suivre à cause de l'épaisseur de l'herbe qui recouvrait le terrain. D'autant plus, les empreintes s'effaçaient complètement après la limite des montagnes rocheuses.

Comment aurais-je pu imaginer une fin si subite à mon séjour?

Une accalmie mortuaire régnait entre ces montagnes. Le chalet en cendres gisait derrière moi et laissait encore s'échapper de la fumée grisâtre. Parfois, quand le vent soufflait plus fort, des tisons rougeoyants s'envolaient vers le ciel. Cette maison n'existait plus et, comme cette douillette habitation était le cœur de la vallée, plus rien n'avait désormais sa raison d'être. J'allais devoir me résigner à partir tôt ou tard.

Soudain, Térann se mit à hennir et tira sur sa corde, le cou tendu vers le bas. Furon l'observait et ne semblait pas comprendre le comportement de sa compagne. Moi, au contraire, je saisissais parfaitement ce qu'elle désirait. La jument avait définitivement achevé son travail auprès de Kakimi. Elle voulait regagner les contrées sauvages une fois pour toutes.

Je m'approchai doucement du cheval brun et tendis le bras vers sa bride. Térann se dressa aussitôt sur ses pattes postérieures et montra les dents en hennissant.

— Térann! Tu aurais intérêt à te calmer, sinon je t'abandonne ici pour toujours!

Elle retomba sur ses pattes, mais me surveillait sans cesse. Lentement, je lui enlevai sa bride et, aussitôt l'équipement tombé sur le sol, la jument s'élança vers le sud et galopa dans les montagnes. Le bruit de sa course s'atténua, jusqu'à disparaître complètement.

Furon, toujours aussi calme, fit quelques pas vers moi et me fixa de ses grands yeux noirs.

— Je crois que tu mérites aussi ta liberté, n'est-ce pas?

Le cheval noir ne bougeait pas, comme s'il se moquait du départ de son éternelle compagne. Je le libérai également de son lourd attelage. Au lieu de s'enfuir, il recula de nouveau et mordit dans une touffe d'herbe.

— Tu peux partir maintenant. Va! Gagne la forêt!

Il ne bougea point.

— Allez! Tu n'as pas envie de regagner les contrées sauvages, toi aussi?

Furon releva la tête pour mâchouiller son herbe et trotta ensuite vers le lac. Il s'agenouilla à l'ombre du grand chêne pour se reposer les pattes.

Le voyant, l'air si serein, j'allai m'asseoir à ses côtés et appuyai ma tête contre son flanc. Après avoir profité d'un long moment de silence, je commençai à me confier à lui :

— Tu dois te demander pourquoi je ne pleure pas, n'est-ce pas? Pourquoi la mort de Daneruké et la disparition de Kakimi me semblent si dérisoires? Tu n'y es pas, Furon. Je n'ai pas le droit de les pleurer. Je n'ai pas le droit d'en vouloir à ces ignobles criminels. Si tu savais seulement à quel point tout cela est douloureux.

Le cheval noir tourna sa tête sur l'herbe et soupira.

— M'abandonner aux émotions négatives serait dénier son enseignement. Je me tais par respect. Je ferme les yeux et la bouche, l'esprit et le cœur. Je suis morte moi aussi.

Je me retournai et lui flattai tendrement la crinière. Furon appréciait mes caresses. Il m'aurait souri, si seulement il en avait eu la capacité.

— Je me sens si dépourvue. Je suis seule au monde désormais. Que dois-je faire? Tu le sais, toi?

Furon releva la tête et souffla un bon coup par ses deux naseaux. Il me regarda en coin et s'appuya de nouveau le menton sur l'herbe.

— Tu as raison. Tu ne m'as pas abandonnée, je m'excuse. Merci, Furon, de rester auprès de moi. Tu es un ami si fidèle.

Je me retournai pour observer les nuages dans le ciel.

— Où irons-nous ensemble?

Le cheval noir bougea pour se relever. Je redressai mon dos pour lui permettre de se hisser sur ses pattes. En me penchant vers l'avant, mon bijou argenté glissa accidentellement hors de mon collet et se balança au bout de sa chaînette.

Je l'ouvris. L'aiguille dorée pointait vers le sud-ouest. Furon avança la tête par-dessus mon épaule pour observer également.

— Peut-être que je pourrais retourner à ma maison au bord de la mer? Mais encore là, je ne sais même pas à quelle distance elle se trouve! Il faudra peut-être voyager durant des semaines.

J'observai encore mon précieux médaillon, en me remémorant les paroles que Kakimi avait prononcées en me l'offrant. La magie du pendentif pouvait lire à l'intérieur de mon cœur. Là, elle y trouvait la source de mon bonheur. Jusqu'à aujourd'hui, je l'avais utilisé qu'une seule fois, pour retrouver mon chemin lorsque je m'étais perdue en forêt, quelques années auparavant. Mais était-ce la véritable utilité de ce cadeau inusuel?

Je m'étendis à nouveau dans l'herbe pour réfléchir à la question. Pourquoi aurait-on inventé un tel instrument si les boussoles conventionnelles, non magiques, fonctionnaient déjà à merveille? D'abord, en quoi ces deux objets étaient-ils différents? L'instrument ordinaire était indispensable pour un individu perdu en forêt. Ce genre de boussole s'orientait simplement vers un point fixe. Toutefois, l'aiguille de mon bijou enchanté utilisait mon cœur pour déterminer sa direction. Par ce fait, elle devait avoir une utilité distincte.

Si je m'étais égarée dans le monde physique, à quelque part, dans un pays étranger, j'aurais eu besoin d'un point fixe. Une boussole et une carte auraient suffi pour me situer adéquatement. Toutefois, métaphoriquement, était-il possible de s'égarer simplement… dans la vie? Si oui, quel genre d'aiguille aurait eu la capacité de guider une âme perdue? Une âme perdue, très exactement comme la mienne?

J'avais mal à la tête, je décidai donc de ne pas trop réfléchir immédiatement à la question. Je préférai faire le vide en me couchant dans l'herbe, tout en me laissant bercer par la mélodie des remous sur le lac.

* * *

Environ une heure plus tard, je me réveillai en sursaut après avoir entendu un bruit. Je me frottai les yeux et me relevai du sol avec mes mains. Des frissons parcouraient mon corps, car je me sentais observée. Tout en demeurant assise près de la berge, je tendis l'oreille pour mieux entendre. Le vent s'était levé et il agitait bruyamment les feuilles du grand chêne. Pour le moment, je ne pouvais rien distinguer d'autre que ce vacarme.

Je regardai attentivement de tous les côtés sans y voir personne, excepté Furon, qui dormait non loin de moi. Je rejoignis alors l'animal. À mon approche, le cheval bougea les oreilles, rouvrit les yeux et se remit sur ses pattes. C'est là que j'entendis à nouveau le son qui m'avait tirée hors de mon sommeil.

Il s'agissait clairement d'un roucoulement, qui provenait de l'arbre. Je levai alors les yeux vers ses branches pour y découvrir, un oiseau resplendissant. Son plumage rougeoyant diffusait une lumière vermillonne sur l'écorce et le feuillage. Malgré mes doutes, je l'identifiai comme étant une colombe. J'hésitais à la considérer comme telle, car la couleur de son plumage ne correspondait aucunement aux illustrations que m'avait montrées Kakimi, dans l'un de ses nombreux ouvrages.

L'oiseau me fixait incessamment, et ce genre de comportement ne m'était guère étranger. Il me rappelait les créatures angéliques que j'avais rencontrées dans le domaine de Shnar, ou même durant le procès à la

Grande Arène. En vérité, son allure surnaturelle concordaient parfaitement ceux des oiseaux de mes souvenirs.

Je m'approchai encore de la colombe, qui recommençait à chanter. Ses roucoulements durèrent plus longtemps que les précédents. À ce moment, mon cœur tressauta. Les cris de l'oiseau m'étaient presque apparus comme des paroles intelligibles. Je n'interprétais pas tout à fait ces bruits comme des mots distincts, mais, à l'écoute de ce ramage bien formulé, mon esprit réagit comme si je venais de recevoir un message.

Quand la colombe recommença à siffler les mêmes notes, mes idées s'organisèrent pour former une directive très claire :

« Suis-moi. »

Avant que j'aie pu répondre ou même réagir à son appel, l'oiseau rougeoyant prit son envol vers le sud-ouest. Curieusement, la direction qu'elle avait prise concordait plus ou moins avec celle de mon pendentif. Pour en être absolument certaine, je ressortis à nouveau mon bijou argenté et l'ouvrit. L'aiguille pointait effectivement dans cette direction. S'agissait-il d'un signe du destin? ou simplement d'une pure coïncidence? Impossible à dire. Tout de même, je désirais vraiment savoir pourquoi cette colombe venait de m'interpeller ainsi.

À mon souvenir, ce n'était pas la première fois qu'un membre de cette race d'oiseaux employait cette méthode. Je me remémorai rapidement les évènements de Pur-

Dufonio, qui avaient eu lieu quelques années auparavant, tout juste après le premier spectacle de la troupe d'Okliarre. Quand je m'étais enfuie parce que je me sentais terriblement abandonnée, le hibou bleuté avait attiré Daneruké près de moi d'une façon qui ressemblait vaguement à celle-ci. C'était donc grâce à lui que j'avais réussi à me faire remarquer par le danseur.

Ces créatures me voulaient manifestement du bien. Et comme rien ne me retenait désormais au creux de cette vallée dévastée, je n'avais aucune raison de ne pas considérer l'appel de la colombe. Je voulais la retrouver, de l'autre côté des montagnes.

Le cœur empli d'un espoir tout nouveau, j'attachai la selle sur Furon et grimpai dessus. Le cheval trotta lentement autour du lac. Il me fallut un certain temps pour me sentir à l'aise ; je n'étais pas montée sur ce cheval depuis des mois.

— Allons chercher un peu de nourriture pour la route. En ce qui concerne le reste, mes deux épées sont attachées à ma ceinture. Mes autres biens se sont tous envolés en fumée.

Furon galopa jusqu'au verger, où je cueillis assez de provisions pour remplir complètement les deux poches de cuir fixées sur la selle. En passant près de la clairière où Daneruké reposait, mon ambition disparut aussitôt. Mon cœur se serra douloureusement dans ma poitrine. Moi, je partais et lui, il allait rester au centre de cette forêt… pour toujours.

— Adieu, Dan. Adieu…

Je fermai les yeux très fort pour retenir mes larmes. Ensuite, je tournai la tête et m'adressai à mon cheval d'une voix chagrinée :

— Furon, tu sais où nous allons. Il est temps de partir, maintenant.

Nous galopâmes ensemble vers les montagnes rocheuses, guidés encore une fois par ma boussole à l'aiguille d'or.

* * *

Les Montagnes de Jovinie, ces barrières qui m'avaient isolée pendant presque cinq ans étaient constituées d'un un sol de roc presque entièrement recouvert d'une neige immaculée, ainsi que de quelques arbres solitaires, tels des voyageurs égarés. Dans les hauteurs, le havre de Kakimi se perdait sous un voile de brume sombre, une barrière fantomatique, qui allait me séparer éternellement de l'herbe et des fleurs.

Un autre coffre maintenant verrouillé, à entasser dans le grenier des mémoires.

Mon souffle se condensait dans l'air gelé. Parfois, les genoux de Furon n'émergeaient plus de la neige. La pauvre bête devait être frigorifiée. Toutefois, elle n'abandonna jamais l'ascension des monts. Ce cheval avait un sens du devoir capable de rendre jaloux les commandants militaires de la Vallée-Rouge. Il brisait les brindilles glacées et défonçait les congères. Dans l'infranchissable, Furon traçait lui-même un chemin rapidement effacé par des vents orgueilleux.

Le soleil disparaissait à l'horizon. Je me blottissais contre mon cheval au creux des cavernes, surplombées par les rochers argentés. Sa chaleur me permettait d'oublier la froidure et la tristesse de la nuit. Avant de m'endormir, je brossai délicatement ses poils ébouriffés.

La traversée des montagnes dura deux jours entiers. Heureusement, la neige recouvrait uniquement les sommets les plus élevés. Le reste du voyage se déroula en compagnie des pierres incolores et des végétaux desséchés. De notre hauteur, nous vîmes les Collines-aux-Aurores-Pourpres s'étendre à des kilomètres à la ronde. Le relief de ces espaces de terre ocre me rappelaient les couvertures d'un lit défait.

Enfin arrivés dans une vallée basse, nous nous retrouvâmes entourés par une forêt dégagée, composée seulement d'arbres encore nus. L'air y était incroyablement sec. Une croûte pâle et craquelée recouvrait le sol. Les bourgeons des végétaux n'arrivaient pas à se déployer en feuilles à cause de la sécheresse. La dernière pluie devait remonter à bien longtemps.

Il restait encore quelques fruits dans les poches de cuir accrochées au cheval. J'en profitai pour croquer quelques fraises bien rouges. Quant à Furon, la soif le tenaillait visiblement.

Nous descendîmes une pente légère et arrivâmes dans un vaste couloir rocheux. En l'examinant attentivement, je me rendis compte que ce chemin était en fait une rivière tarie. Seul un mince filet d'eau glissait entre les cailloux du centre et formait de rares nappes. Furon en profita pour s'y abreuver.

Je levai les yeux au ciel. Pas un nuage en vue : seulement un ciel bleu et étincelant.

J'observai ensuite plus attentivement les alentours : l'écorce granuleuse des arbres, la teinte pâlotte de la terre et, surtout, l'absence totale d'insectes.

— Ce n'est pas normal. Regarde, Furon, on peut voir des carcasses de poissons un peu partout. L'herbe est jaunie, mais il y a bien eu de la verdure dans cette forêt.

Cette aridité devait être récente. Toutefois, pour le moment, j'évitai de me poser trop de questions à ce propos. Il pouvait s'agir d'un temps tout à fait normal pour la province des Collines-aux-Aurores-Pourpres. Kakimi avait d'ailleurs stipulé que le printemps était particulièrement chaud en dehors des montagnes.

* * *

Le bruit des battements d'ailes me tira brusquement hors de mes pensées. En levant la tête en l'air, je vis la colombe rouge s'envoler rapidement vers le sud-ouest. Je l'avais retrouvée! Ou plutôt, ce devait être elle qui m'avait retrouvée.

Encouragée à nouveau, je donnai le signal à Furon pour avancer au creux des bois.

* * *

Contre toute attente, l'oiseau disparut rapidement derrière l'horizon et, au bout d'une heure, nous parvînmes devant des collines traversées par un sentier. Comme ce chemin semblait correspondre à notre itinéraire, je décidai de l'emprunter.

La même aridité affligeait encore la nature. Les flancs des buttes exposées au soleil nous éblouissaient de l'éclat pâlot de leurs végétaux flétris. Tout un contraste en comparaison au ciel bleu vif et bien mat. On n'y voyait plus le moindre oiseau.

Il devait être midi ; Furon montrait encore une vigueur digne de son nom. Si je lui avais demandé de galoper à toute vitesse, il n'aurait pas hésité une seconde, même après cette randonnée accablante.

Les abords d'un petit village apparaissaient lentement devant nous. Une distance importante séparait chacune des maisons; ce devait être une agglomération agricole. Pourtant, rien ne poussait dans les vastes terres défrichées. On n'avait pas retourné la terre pour la semence et le sol montrait toujours la même sécheresse qu'à l'orée des montagnes.

Nous arrivâmes devant un panneau de bois oblique qui indiquait, en caractères noirs, le nom du village : Eiro-

Van. En passant devant cet écriteau, mon cheval noir souffla un grand coup par ses naseaux ronds et baissa la tête.

Nous avançâmes entre les maisons larges et peu élevées. La plupart avaient une toiture écrasée, à angle pratiquement plat. Les fenêtres aussi se ressemblaient : de hauts rectangles effilés, séparés par deux bandes de bois divisant la vitre en carrés égaux. Un véritable décor de village fantôme. Il n'y avait personne en vue ; les maisons semblaient désertées. De temps à autre, des grincements de bois rompaient le silence du milieu. Une charrette craquait légèrement sous l'effet du vent.

J'ordonnai à Furon de se rendre vers le centre du village. Aucune trace de vie également, excepté un petit lézard brun qui s'enfuyait à toute vitesse sous un perron. La route menait jusqu'à un ponceau de pierre, qui surplombait une autre rivière complètement asséchée.

Une puissante rafale de vent souleva un amas de sable et j'en absorbai une pleine bouchée. Je dus me retourner pour recracher les granules.

— Il ne reste plus personne ici, Furon. Allons-nous-en.

Alors que nous nous apprêtions à regagner la route, la voix d'un vieil homme retentit derrière nous.

— Oh! Il en reste, mademoiselle! Ils ont oublié d'en déporter quelques-uns! Hé hé hé…

Je me retournai en sursautant. Une personne âgée était assise dans une berceuse sur un balcon, au deuxième étage d'une bâtisse délabrée. Le vieil homme portait un canotier gris foncé qui dissimulait ses yeux et son front. D'en bas, je n'apercevais qu'une épaisse barbe poivre et sel.

— Qui êtes-vous? demandai-je en plaçant la main en visière sur mon front.

Il fit semblant de ne pas avoir entendu ma question.

— Vous me semblez perdue, jeune fille. Que faites-vous à Eiro-Van? Une autre pilleuse d'épaves, je suppose? Si c'est le cas, repartez! Ne perdez pas votre temps. Ici, il ne reste plus rien d'intéressant à voir.

— Je suis seulement de passage dans la région. Je compte peut-être me rendre aux Bois-Verts.

— De passage? Ha! Ça, c'est la meilleure! Ici, c'est le bout du monde, jeune fille! Passer par Eiro-Van, c'est comme se rendre chez son voisin en faisant le tour de la planète! Ça n'a aucun sens!

— Pourquoi ne reste-t-il plus personne dans le village?

Le vieil homme grimaça, comme s'il doutait qu'une personne puisse être ignorante à ce point. Il se leva et descendit me rejoindre dans la rue déserte. Il marchait difficilement avec sa jambe de bois.

— Vous n'êtes pas de la région, n'est-ce pas?

— Je suis de la province. J'ai vécu en réclusion pendant plus de quatre ans, au centre des montagnes de Jovinie.

— Ah! s'écria-t-il, stupéfait.

La surprise fut telle qu'il faillit s'étouffer.

— Alors, vous en avez manqué des événements, jeune fille. Mon nom est Hector Bicantin.

— Je suis Alégracia, dis-je tout en descendant de mon cheval pour parler à mon aise.

— Vous avez tout manqué en demeurant au centre des montagnes, jeune fille. Vous avez manqué la guerre des Collines-aux-Aurores-Pourpres.

— La guerre des Collines-aux-Aurores-Pourpres?

— Hé hé hé! Elle a été longue et rude, cette guerre. Difficile à comprendre, d'ailleurs. Tout le monde ici a payé pour une bande de rebelles qui a osé défier le roi d'Holbus. Les armées ont combattu aux frontières, puis ont avancé vers Pétula, puis Marronnico, pour finalement aboutir ici. La plupart des combattants rebelles ont été tués ou capturés, et les autres ont été déportés à travers tout le Continent-Coloré.

Pendant son discours, Hector se mit à pointer du doigt tous les alentours :

— Puisque les gars de la ville n'ont pas réussi à trouver où se terrait le chef des rebelles, ils ont décidé de bloquer les passages qui menaient hors de la province et d'assécher toutes les rivières pour faire mourir la région. Vous savez, les Collines-aux-Aurores-Pourpres sont entourées de montagnes, qui retiennent les nuages à l'extérieur. S'il n'y a plus d'eau dans les lacs et les rivières, et bien, il ne pleuvra plus jamais!

— Et vous, qu'est-ce que vous faites encore ici?

— Ah! Moi? Je me débrouille en attendant la fin de mes vieux jours. Je n'ai jamais aimé le monde. On riait toujours de ma jambe de bois ou de mon œil crevé. Toute ma vie, j'ai souhaité vivre en paix. La chance m'a enfin souri! Quand les soldats d'Holbus sont débarqués pour nous déporter, ils ont choisi de me laisser moisir ici en voyant ma gueule, de peur que j'infecte les leurs avec des maladies qui n'ont même pas encore de nom.

Il se remit alors à sourire :

— J'ai des réserves d'eau pour survivre encore des mois, je me suis préparé à ça à l'avance. Hé hé hé.

Le vieux bonhomme montra ses dents jaune et noire, fier d'avoir gagné sa propre guerre contre ses anciens voisins.

Je remontai sur Furon et posai une dernière question au vieillard.

— Auriez-vous, à tout hasard, aperçu un oiseau rouge dans les parages?

— Pas à ma connaissance. La faune se porte bien mal ces temps-ci. Les seules personnes que j'ai rencontrées depuis la déportation, ce sont vous et deux pilleurs de résidences. Ils sont passés par ici, hier. Quand ils m'ont entendu crier du haut de ma maison, ils ont eu peur et se sont enfuis à l'ouest.

— Je compte emprunter cette route.

— N'ayez crainte, ils n'avaient pas l'air dangereux.

Après avoir salué Hector, j'ordonnai à Furon de reprendre la route. Alors que je m'éloignai sur le pont d'Eiro-Van, le vieillard me cria :

— Bonne chance pour vous rendre aux Bois-Verts!

* * *

Hector Bicantin baissa le ton pour se parler à lui-même :

— Ouais… C'est ça, bonne chance. Tu en auras besoin, la jeune.

Il retourna ensuite vers sa maison en claudiquant. En avançant la tête à l'intérieur de l'entrée, il râla :

— Ça va, vous pouvez sortir, vous deux! Elle est partie!

Quelques remous se firent entendre dans la bâtisse, puis deux hommes sortirent en se frottant les manches. Le premier devait mesurer plus de six pieds et était recouvert de crasse. Il devait avoir dans la soixantaine. Le deuxième, petit et dodu, portait une barbe chenue très dense. Il venait de hisser un gros sac à dos sur ses épaules.

— Vous croyez qu'c'était une soldate d'Holbus? demanda le grand crasseux avec une voix qui semblait surgir d'un égout.

— Non, répondit Hector. Ce serait étonnant. On n'admet pas de filles aussi jeunes dans l'armée.

— Bah! Savez, d'nos jours, y doivent engager n'importe qui pour remplir leurs rangs. Mais si tu dis qu'elle est pas d'Holbus, elle fait quoi par icitte?

— Aucune idée. J'ai de la difficulté à avaler son histoire. Elle prétend être une ermite des montagnes. Apparemment, toute la guerre s'est déroulée hors de sa connaissance…

— Bulgaboom! ajouta le petit dodu.

Hector lui administra une taloche derrière la tête.

— Combien de fois je t'ai dit de pas me couper la parole, fiston! La politesse, ça existe encore dans la maison de ton vieux père.

Le petit bonhomme baissa la tête de honte. Le grand reprit alors la parole.

— Elle a-tu précisé comment elle s'appelait?

— Oui… enfin, je crois.

Il se gratta la tête en réfléchissant.

— Si ma mémoire est bonne, son nom est Alégracia. Ça vous dit quelque chose, Arcaporal?

— Nah, rien.

— Elle semblait rechercher un oiseau rouge. Serait-ce la même bête qui aurait volé votre alliance?

— Nah! C'lui-là était jaune.

Pendant que les deux autres discutaient, le petit barbu se frottait lentement les poils du menton en creusant dans ses souvenirs. Plus il réfléchissait, plus il grimaçait. Ses yeux s'arrondirent quand il se rappela la fillette de la troupe d'Okliarre.

— Bulgaboom! lança-t-il en tirant la manche de l'Arcaporal.

— Quoi? Qu'est-ce que t'as à bouger d'même?

— Bulgaboom! répéta-t-il en pointant dans la direction d'où la jeune femme était partie.

— Quoi?

Le petit barbu grogna et regarda tout autour, embarrassé. Il recula de deux pas, plaça les mains au-dessus de sa tête et se mit à improviser une danse de façon grossière. En même temps, il fredonnait péniblement un air.

— Ouais... soupira l'Arcaporal en levant le menton. Alégracia, la p'tite protégée de Daneruké. Oh là là! Ça fait longtemps déjà!

Bulgaboom rattacha correctement ses vêtements et descendit du perron, suivi de son grand ami.

— Smithen, demanda Hector, où allez-vous?

— On va aller la rejoindre, c'est une vieille connaissance! On la laissera tout de même pas partir en sauvage comme ça! On a quelques affaires à s'raconter!

— Bon et bien alors, vous savez par où la rejoindre ; il n'y a qu'une seule route dans cette direction. Et toi, Smithen, tâche de prendre soin de mon petit Jonathan!

À ces mots, Bulgaboom releva ses épaules en grognant. Il détestait se faire appeler ainsi, surtout par son père.

Chapitre IV

Promesse d'Arcaporal

En dehors du village d'Eiro-Van, la route longeait une vallée sinueuse, qui, autrefois, devait être un énorme cours d'eau. Cette scène avait des aspects dignes des grands déserts drakaniens : plus rien ne vivait autour de nous. Le printemps, symbole de l'épanouissement de la vie, perdait sa signification dans cette province aride.

Nous avancions vers le soleil couchant. Sa chaleur me procuraient d'agréables sensations. Lorsqu'il disparut derrière les montagnes, le ciel se colora de nuances rouges et violacées.

— Il est temps de nous reposer, Furon. La colombe pourra peut-être mieux nous retrouver ainsi.

Le cheval noir s'immobilisa en bordure de la route et me laissa descendre. En posant le pied par terre, je ressentis immédiatement un frisson et je remontai sur l'animal sans plus attendre. Je réalisai aussitôt que deux personnes nous suivaient en provenance de l'est.

Mon sixième sens s'était drôlement aiguisé avec les années. Avant Daneruké, j'obtenais des signaux seulement en me concentrant ou lorsqu'un étranger se trouvait vraiment près. Mais là, les avertissements se manifestaient d'eux-mêmes, de façon claire et précise. De ces impulsions, j'apprenais généralement de combien d'individus il était question et de quelle direction ils venaient.

Furon se retourna et resta au beau milieu de la piste.

— Ce sont peut-être les pillards dont Hector nous a parlés.

Comme je m'y attendais, deux hommes émergèrent d'entre les collines en courant. Le plus grand filait avec ardeur et célérité pendant que l'autre, petit et dodu, prenait toujours du recul. Lorsque l'autre faisait une seule enjambée, le barbu devait en faire trois pour parcourir la même distance.

Je restai au centre de la voie, prête à dégainer mes armes pour répondre à la moindre menace. Néanmoins, une fois les coureurs suffisamment proches, je les reconnus aussitôt.

— Smithen? Bulgaboom?

En m'entendant, l'Arcaporal s'arrêta et appuya les mains contre ses genoux. Il respirait difficilement, car la course l'avait visiblement épuisé. Quand Bulgaboom le rattrapa, il se remit bien droit et me regarda avec une certaine admiration.

— Wow! Z'avez bien grandi ma p'tite dame! Ça fait un bout qu'on s'est pas croisés!

— Bulgaboom, ajouta le barbu.

Ayant écarté toute méfiance, je descendis de mon cheval.

Les quatre dernières années avaient imprimé sur le visage de l'Arcaporal quelques rides. Ses muscles les plus forts semblaient toujours être ceux de sa figure : tendus au maximum. Smithen semblait continuellement grimacer de colère. Ses sourcils gris avaient l'air plus denses que sa propre chevelure, longue et folle.

Bulgaboom ressemblait à un prince qui venait de trouver sa belle princesse. Il était tellement envoûté qu'il se serait agenouillé à ma demande. Sur son dos, il transportait un sac apparemment très lourd.

— Je suis si heureuse de vous revoir! leur dis-je en donnant l'accolade à Smithen, avant de serrer Bulgaboom comme une grosse peluche.

— Bulgaboom! jubila le barbu, rouge de gêne.

— Que faites-vous dans les Collines-aux-Aurores-Pourpres? leur demandai-je.

— J'me suis fait voler mon alliance et j'essayais d'la retrouver.

— J'ignorais que vous étiez marié…

— Pas vraiment, en fait. C'est juste un butin qu'j'ai trouvé dans la Vallée-Rouge. M'enfin! J'l'ai trouvé et c'était à moi, quand même, et ça valait une vraie p'tite fortune!

— Le voleur se tient dans les parages?

— Peut-être. Mais j'crois pas qu'on ait encore des chances de l'trouver. Ça fait déjà quelques jours qu'on a perdu sa trace. Et comme on est dans l'coin, Bulgaboom pis moi, on en profite pour s'emplir les poches dans les maisons abandonnées. Y reste encore des affaires potables là-dedans, même du Coular! On s'est amassé un magot de presque trois cents Violars et autant de Bleuzars en même pas une semaine! Pis on a aussi décidé de rendre une p'tite visite au vieux père de Bulgaboom. Y doit s'emmerder à passer ses journées tout seul... Pis vous? Qu'est-ce que vous faites dans l'coin?

— Je cherche quelqu'un, moi aussi, dis-je, pour éviter de mentionner qu'il s'agissait bêtement d'un oiseau.

— Vous trouverez pas grand monde dans l'coin, promesse d'Arcaporal. Depuis qu'ils ont terminé le barrage, y reste plus personne dans les villages!

— Un barrage?

— Ouaip! Yé gros, yé haut! Ils l'ont bâti en plein centre du canyon où le fleuve Masaccia coulait. Ça a pris du temps, j'l'ai vu quand ils en avaient la moitié de construit. Le niveau des rivières commençait déjà à baisser. Pis tout ça se passait en même temps que la grosse invasion qu'Izmalt a commencé à l'ouest. Il leur a pas donné de grandes chances. Déjà que les provisions manquaient, les fermiers avaient d'la misère à faire pousser leurs nouvelles récoltes. Pis les forêts se sont lentement mises à mourir. Y reste presque pu rien icitte. Le monde a été déporté un peu partout dans la Contrée-Bleue, pis les seuls animaux qui ont survécu à la famine, ce sont ceux assez intelligents pour avoir traversé les montagnes jusqu'au Plateau-Doré ou à la Vallée-Rouge.

— Mais pourquoi Izmalt a-t-il complètement asséché les rivières même s'il avait déjà remporté la victoire?

— Savez, ma p'tite dame, que même si y'ont tué pis capturé pas mal de rebelles, il en reste encore beaucoup. Plusieurs troupes, même, j'dirais. Paraît qu'ils se cachent encore dans la province. Izmalt veut qu'y s'rendent, mais les rebelles, y paraît que ce sont pas des poltrons. Y'a des soldats d'Holbus postés partout dans les montagnes. Ça a été pas mal dur, à Bulgaboom pis moi, d'les éviter. Y veulent plus que personne entre ni sorte de la province. Ils attendent qu'ils meurent de faim.

Cette stratégie m'horrifia.

— Mais… c'est tout à fait immonde et insensé. Le roi détruit volontairement son propre pays et personne ne réagit?

Bulgaboom croisa les bras en fronçant les sourcils. De toute évidence, il regrettait de ne pas s'être posé la question auparavant. Il bougeait rapidement les yeux tout en comptant sur ses doigts, comme s'il tentait de résoudre une formule mathématique. Smithen, en le regardant agir, lui dit :

— T'as raison Bulgaboom. On pourrait s'rendre là et voir c'qu'on pourrait faire. Ça s'rait comme dans l'bon vieux temps! Ha! ha!

Je ne saisis pas immédiatement l'ampleur de sa réflexion. Je lui demandai alors quelques détails et il me répondit :

— Bulgaboom pis moi, on a pas fait de sport depuis longtemps! Ça nous dégourdirait un peu d'aller faire sauter quelques feux d'artifices par là-bas. Tu penses pas?

— Bulgaboom! jubila le petit barbu en sautillant.

— Ha! ha! Content d'entendre ça! Si vous voulez v'nir avec nous, ma p'tite dame, ça nous ferait plaisir d'avoir un coup d'main!

— Euh…

Je ne sus quoi répondre dans l'immédiat. Je n'avais pas vraiment l'habitude de me prendre pour une héroïne. Néanmoins, j'approuvais entièrement son idée et j'admirais d'autant plus son courage. L'attitude de Smithen n'avait pas changé, même après ces quatre dernières années. Comme lorsqu'il avait bravement pourchassé le voleur de vin, à Pur-Dufonio, il voulait entreprendre un combat contre le mal sans demander de récompense… ou presque.

— Savez, enchaîna-t-il, y faudra la meilleure marchandise pour faire éclater quelque chose d'aussi gros. Mon ami transporte tout le nécessaire pour ça! Hé! hé! Promesse d'Arcaporal!

Je pris une grande inspiration avant de répondre :

— C'est d'accord. J'accepte de vous accompagner, tant que vous n'attendez rien d'extraordinaire de ma part.

Leur refuser mon aide aurait été égoïste. C'était la moindre des choses à faire pour mes deux amis, qui m'avaient aidée et supportée durant mon séjour dans la troupe d'Okliarre. De plus, j'allais peut-être avoir la chance de tester mes nouvelles aptitudes au combat, tout en demeurant entourée par des gens d'expérience. J'espérais seulement ne pas regretter ma décision bientôt.

En pointant l'horizon du doigt, Smithen ajouta :

— Va falloir être prudent! C'est le gros buffle du roi, le lieutenant Kazz, qui surveille là-bas!

Voilà. Je regrettais déjà.

* * *

Quand la pénombre acheva de noircir le paysage, nous nous arrêtâmes pour la nuit. Avant de dormir, Bulgaboom se chargea d'attiser un feu pour nous réchauffer. L'air sec de la nuit refroidissait très vite.

Assise devant le feu, je questionnai Smithen. Il fouillait dans le sac de son ami pour en tirer de la nourriture.

— Qu'est-il advenu de la troupe?

— Quelle troupe?

— Celle dont nous faisions partie.

Smithen mit la main sur un morceau de pain et vint manger près de moi. Il était si sec qu'on aurait pu croire qu'il croquait une poignée de petits cailloux.

— J'sais pas. Y restait pu grand monde quand on a décampé. Tout de suite après qu'le chef vous a congédiée, les autres sont tous partis, à part Okliarre et Samocure. Bulgaboom pis moi, on a pris soin de déguerpir avec tout le matériel. On s'est fait une tite fortune en vendant ça!

— Avez-vous revu les autres? Wecto, Pirie?

— Pas personnellement. J'sais seulement que les trois conteurs font des spectacles à leur compte un peu partout dans l'Continent. Paraît qu'y s'tiennent souvent au Plateau-Doré. Sont nés là. Pis les autres, pas vraiment. Bulgaboom pis moi, on reste jamais ben longtemps à la même place, on s'tient pas dans les gros centres.

— Et vous, qu'avez-vous fait depuis la séparation du groupe?

— On voyage tout en s'en mettant plein les poches. On a été engagés comme cambusiers pendant une année au service naval de Xatrona, sur le Galiéto, un bateau qui faisait la navette entre le Continent-Coloré pis le Drakanitt. Le travail a vraiment bien payé! Il nous reste encore du blé à dépenser! Ha ha!

— Vous êtes déjà allés sur le Drakanitt?

— Mettez-en ma p'tite dame! C'est même là que chuis né! Dans la belle ville de Zinentel, le p'tit bijou en bordure du fleuve Jules-Jallerrio. Mon père travaillait aussi sur les bateaux. Y transportait d'la marchandise de Roc-du-Cap jusqu'à la citadelle de Kritz en voyageant sur le gros fleuve.

— Vous n'avez pourtant pas l'air d'un natif du Drakanitt. Je connais un marchand originaire de ce continent, il a les yeux en amandes.

L'Arcaporal venait juste de finir son pain. Il se lécha rapidement les doigts, remit du bois dans le feu et se rassit sur sa roche.

— Savez, le Drakanitt, c'est le continent qui s'trouve au centre des terres du Croissant de Lune. Le monde de tou't les continents voyagent par là : la Pigamie à l'ouest, les Îles-Arnalliques au sud, la Grande-Valcompte à l'est, pis finalement, le Continent-Coloré au nord. Su'l Drakanitt, y vient du monde de partout! Personne s'ressemble vraiment, pis on retrouve toujours des affaires bizarres dans les marchés. C'est spécial à voir, promesse d'Arcaporal.

— Arcaporal… est-ce un grade de marin?

— Nah! Ça, c'est le titre qu'on m'avait donné durant mon service dans l'armée d'Roc-du-Cap. Ouaip! L'Arcaporal Croll Smithen. J'ai dirigé l'premier bataillon à s'être mêlé aux affaires du gang de Déraniro, le dirigeant d'un groupe de bandits qui faisaient la contrebande de poudre à canon. Y'étaient rusés, les salauds, pis en plus y se fabriquaient eux-mêmes des armes meilleures que les nôtres. Les batailles étaient jamais faciles contre eux. Une chance qu'on avait le meilleur stratège militaire avec nous autres!

— De qui s'agissait-il?

— Nul autre que Jonathan Bicantin, alias Bulgaboom!

Je jetai un coup d'œil vers le petit bonhomme. Il ronflait déjà, la tête appuyée contre un coussinet de sable.

— Derrière cette grosse barbe-là, y se cache un vrai p'tit morceau de génie et de courage! s'exclama Smithen. J'le connaissais pas à l'époque. J'savais même pas qu'une partie des ordres qu'on m'donnait provenaient directement d'lui. Sa réputation avait traversé les mers.

Le jeune Docène n'a pas trop attendu pour lui faire franchir l'Océan-d'Écaille-de-Jade pour qu'il se joigne aux rangs de ses meilleurs hommes.

— Comment avez-vous rencontré Bulgaboom pour la première fois?

— Ça, j'm'en souviens comme si c'était hier! Il fallait prendre d'assaut le gros château-fort de Béliria, et on nous avait fourni de nouveaux explosifs pour détruire les murs de pierre. Sauf que les derniers techniciens qui s'occupaient de transporter les gros barils plein de poudres ont fini en charpie. Et puisque Bulgaboom se chargeait de dresser les plans des bombes, lui, y savait comment les manipuler. À cette bataille-là, il a décidé de se rendre lui-même sur le terrain, le canon par-dessus l'épaule, pour s'assurer que personne n'allait faire l'imbécile avec ses créations.

« Ce bonhomme-là, y s'battait comme un molosse enragé. "La terreur d'outre-mer", comme les autres l'appelaient… »

Chapitre V

La bataille de Béliria

L'Arcaporal me raconta alors l'histoire d'un événement qui avait marqué sa vie et son corps. Cette bataille avait eu lieu trente ans auparavant, au Drakanitt Oriental, tout juste au sud de Roc-du-Cap, de l'autre côté du fleuve Jules Jallerrio.

C'était un jour obscur, au ciel voilé par des nuages bouillonnants, éclairé de foudre vagabonde. D'un côté, la mer tumultueuse se déchirait contre les remparts d'une colline. Huit cents soldats devaient la gravir avant l'étape finale de leur épuisante expédition. La destination : le château-fort de Béliria, une haute et vieille bastide grise, autrefois habitée par le clan Lavino.

Ayant été laissée à l'abandon pendant la dernière décennie, la forteresse avait été prise illégalement par les hommes de Déraniro, un dangereux contrebandier de poudre explosive et d'armes à feu. Sentant une menace grandir au sein de cette organisation, le roi de Roc-du-Cap, Docène Capiaso, avait ordonné la prise du château-fort et le démantèlement complet de l'organisation. Il avait choisi son meilleur officier pour mener cette armée vers la victoire.

Justement, les vaillants combattants de la capitale allaient rapidement atteindre leur objectif. Grâce à leurs lourdes bottes noires à crampons, aucun soldat ne glissait encore sur la terre humide de cette contrée jouxtant l'Océan-d'Écaille-de-Jade. La longue pointe de chacun des canons, tenus rigoureusement à la verticale, s'élevait au-dessus du peloton comme une fourrure d'épines.

L'homme à la tête de l'armée avait les cheveux gras et noirs, et une gueule d'acier imperturbable. Ses nombreuses cicatrices aux bras en disaient long sur son expérience de combattant. L'énorme carabine noire en main, il était prêt à faire feu à tout moment.

Un porteur de drapeau se faufilait entre les marcheurs au pas de course, en déployant un long étendard aux couleurs de Roc-du-Cap au-dessus des casques militaires. Il alla rejoindre le meneur avec un message d'importance capitale.

— Arcaporal! Arcaporal!

Le colosse revêtu d'une armure lourde ne tourna la tête qu'à moitié, sans ralentir. Un coup de tonnerre gronda et le sol se mit à vibrer.

L'homme au drapeau glissa et tomba à genoux, juste derrière le meneur. Il toussa d'épuisement pendant que l'eau pluviale ruisselait sur son visage.

— Arcaporal! La surprise a échoué. Déraniro sait que nous avançons du côté de la mer. Il…

Un sifflement assourdissant coupa net les paroles du soldat et une détonation apocalyptique s'ensuivit. Une violente explosion propulsa trois marcheurs dans les airs. Les autres baissèrent la tête pour se protéger contre la pluie de gravier, ce qui brisa l'uniformité du bataillon. Le combat venait de commencer, et les cris mobilisateurs montèrent.

— Les bombardiers n'ont pas atteint les murs. Ils ont fait éclater les charges sur eux. Ils ne sont pas beaux à voir. On a averti le poste avancé... reste à attendre une solution miracle de leur part.

Un autre sifflement retentit, semblable au premier, et une explosion souleva un nouveau nuage de terre noire. Cette fois-ci, personne ne fut touché par l'offensive.

— Alors il faut contourner par la gauche, déduisit l'Arcaporal. Si ce n'est pas pour entrer, on profitera de l'altitude de la colline pour atteindre les artilleurs.

L'homme brandit son drapeau de façon à faire comprendre les ordres de Smithen aux autres soldats. Aussitôt, la masse militaire se déplaça dans la direction ordonnée, au pas de course. Des détonations retentissaient à chaque seconde. Le sol vibrait constamment. Les hommes glissaient, tombaient, mais des camarades s'empressaient de les relever. Les boulets de canon volaient comme des essaims au-dessus de l'armée. La pluie se transformait rapidement en orage violent.

Après que la troupe eût gravi la colline, à l'est du fort, les tirs ennemis se firent entendre en écho et un combattant de Smithen fut atteint à l'épaule. Pendant que le blessé hurlait de douleur, chacun des soldats s'accroupit pour se mettre à couvert.

L'Arcaporal rampa jusqu'au sommet de l'élévation et observa la bastide à travers une lorgnette. En examinant les alentours et les vertigineux remparts de la fortification, il ne trouva, au premier coup d'œil, aucun moyen pour aborder l'ennemi de façon efficace.

— Il va falloir faire éclater ce mur! cria l'Arcaporal au messager.

Quand il se retourna, Smithen aperçut un homme chevaucher dans sa direction. Il s'agissait visiblement d'un membre de l'escouade des explosifs. L'Arcaporal le devina en voyant les longues marques cendrées sur son uniforme en cuir. À ce moment, le dirigeant de l'armée sentit un espoir renaître en lui. Il fut convaincu que ce cavalier venait terminer une mission encore inachevée. Justement, sur ses épaules, il portait deux gros barils qui ballottaient au même rythme que sa monture.

— Regardez! On a envoyé un autre bombardier, Arcaporal!

— Oui, j'ai bien remarqué, mais, comme vous le voyez, il est seul! Il ne pourra jamais réussir sans l'aide d'une équipe!

En entendant siffler les balles, Smithen se remit promptement en position. Il allongea son arme devant lui et tira sur les artilleurs du fort, comme les autres qui avaient déjà commencé à le faire sur son ordre. Les coups retentissaient des deux côtés, ce qui créa une pétarade étourdissante sur le champ de bataille. En ricochant, les projectiles parsemaient d'éclisses blanches le mur du fort, et, malheureusement, personne n'atteignait les tireurs ennemis. Les coups de canons lourds avaient cessé depuis peu, mais l'ardeur de la fusillade adverse redoublait. Les balles frappaient la terre en produisant un vacarme semblable au galop de cent cinquante chevaux.

Sur sa monture, le porteur de bombes traversa le régiment en trombe, puis contourna la colline vers le fort. Après avoir atteint le sommet, il descendit la pente à pleine vitesse et se surexposa aussitôt aux tirs ennemis.

— Mais que fait cet imbécile? s'insurgea Smithen en le regardant galoper vers sa mort.

Sans attendre, l'Arcaporal se retourna vers ses hommes et cria :

— Tirs de couverture! Tirs de couverture!

Les détonations des canons alliés se multiplièrent aussitôt. L'extrémité du fort fut envahie par la fumée sous les attaques soutenues de la puissante armée de Roc-du-Cap. Des ennemis tombèrent de la tour frontale et s'écrasèrent mortellement au sol.

Avec son arme, Smithen bornoya et atteignit un autre tireur adverse. Les gouttes de pluie bouillaient en touchant le fût surchauffé de son arme.

— Qui c'est, lui?

— Je crois qu'il s'agit de sir Bicantin, Arcaporal.

— Bicantin? Un des stratèges royaux?

Sur la plaine, le chevalier zigzaguait énergiquement entre les crépitements des projectiles ennemis. Il éperonna son cheval pour accélérer. À cinquante mètres de la courtine, Bicantin laissa tomber un de ses barils derrière lui.

— Pauvre idiot! lança le chef du régiment, spectateur de cette manœuvre d'apparence malhabile. Ce n'est pas le temps de gaspiller la marchandise!

Pendant que le bombardier chevauchait vers la base de la fortification, le baril laissé derrière lui explosa, ce qui creusa un cratère dans la plaine. La terre soulevée par le choc se propagea aussi haut que les murs de la place forte.

Bicantin ralentit la cadence et, du même coup, l'armée de Roc-du-Cap multiplia les attaques pour protéger leur dernier espoir. Le stratège sortit deux balles grises de sa poche de cuir et les lança simultanément contre la courtine du fort. Dès qu'elles heurtèrent le mur, ces boules explosèrent en diffusant une lumière turquoise.

La paroi s'enfonça alors d'un mètre, en formant d'épaisses craquelures sur toute la façade avant. Le bombardier se rua aussitôt au point d'impact et, dans une crevasse profonde, y enfonça le second baril.

— Continuez à tirer! gueula Smithen alors que Bicantin s'apprêtait à rebrousser chemin.

Le stratège galopa près du cratère formé par la première bombe, descendit de sa monture et lui donna une tape sur le flanc pour qu'elle s'enfuie en lieu sûr. Puis il sauta rapidement dans son trou pour se mettre à couvert.

La charge explosa en créant une puissante onde de choc sur le sol. Le mur du fort se fragmenta en morceaux gigantesques et les soldats placés derrière les archères culbutèrent vers leur mort. La brèche tant attendue apparut alors sur la fortification.

Tapi au fond de son trou, Bicantin déploya l'énergie nécessaire pour éviter d'être enseveli sous les décombres.

— Maintenant! hurla Smithen à ses hommes.

Une clameur s'éleva du régiment. Tous se mirent à courir vers la bastide, la rage et l'espoir au cœur. L'ennemi tirait sans relâche sur la plaine, mais l'écran de fumée produit par l'explosion empêchait la précision des tirs. Ce brouillard sombre s'illuminait d'éclats rougeoyants à chaque coup de feu.

Les soldats de Roc-du-Cap se déployèrent dans la forteresse de Béliria comme l'aurait fait un essaim de guêpes affolées. Les coups de feu retentissaient de chaque côté. Certains militaires laissaient tomber leur artillerie lourde pour dégainer un long sabre à lame translucide.

L'Arcaporal enjamba les décombres à son tour, entouré de ses dix meilleurs hommes.

— Il faut retrouver Déraniro à tout prix. Nous prendrons la tour maîtresse. Attention aux meurtrières!

L'escouade élite longea l'enceinte de l'intérieur jusqu'à son objectif. Un belligérant ouvrit la porte, puis les membres de l'escouade tirèrent à multiples reprises vers l'intérieur. Après vérification, ils s'engagèrent dans les couloirs obscurs, jusqu'à un long escalier qui menait aux quartiers généraux. À l'étage, il n'y avait personne.

— Quoi! Ils ont déjà filé!

Smithen pointa vigoureusement l'escalier du doigt.

— Retournez au combat. Si vous voyez Déraniro en bas, n'hésitez pas à lui remettre les idées en place!

On exécuta les ordres sans montrer le moindre signe de protestation. Les soldats descendirent les marches, et Smithen se retrouva seul dans la vaste salle du donjon.

Avant de quitter les lieux, l'Arcaporal observa minutieusement l'endroit : le quartier général des contrebandiers. Au premier coup d'œil, la décoration lui parut inusitée.

D'épais rideaux ocres, assez longs pour frôler le plancher, avaient été disposés de chaque côté des fenêtres, et des appliques de fer ornaient les murs de gauche et de droite. Des dizaines de cartes géographiques recouvraient deux tables longues, autour desquelles étaient disposées des chaises en bois vieillottes. Finalement, un tapis olivâtre, de forme circulaire, recouvrait le centre de la salle.

L'Arcaporal fit un pas vers la sortie; une voix féline l'interpella aussitôt.

— Pas un geste. Lâche ton arme, saleté de Capparien.

Smithen cessa tout mouvement. Il reconnaissait cette intonation unique et n'osa ni répondre ni obéir.

— Laisse tomber ce fusil, sinon je t'expédie dans les Ténèbres, d'une seule balle dans ta gueule puante.

Voulant surprendre son agresseur, Smithen pivota d'un demi-tour en levant son arme jusqu'au menton, mais une balle lui traversa aussitôt l'épaule. Son fusil tomba sur le sol. L'ennemi tira un second coup dans la jambe du militaire, et ce dernier fléchit en grimaçant de douleur. De la fumée grise s'échappait des deux plaies.

À l'autre bout de la pièce, le contrebandier écarta le rideau ocre pour se dévoiler complètement. Il était vêtu d'un ample habit de cuir et portait un claque beige en guise de coiffe. Ses bottes foncées foulaient la pierre du plancher alors qu'il s'avançait vers Smithen. Lorsqu'il parlait, ses longues moustaches de chat se mouvaient au rythme de ses mots.

— Tu as besoin de repos, le jeune, ça se voit dans ton visage.

Dans la lueur bleu marine projetée par la fenêtre, il leva le bras pour pointer son arme sur le front de l'Arcaporal. Le contrebandier grimaça alors pour montrer ses longues dents et, avant le tir fatal, il plaça encore quelques mots :

— Bon séjour dans les Ténèbres, mon cher.

Son doigt s'apprêtait à enfoncer la gâchette quand, tout à coup, la fenêtre de gauche vola en éclats et le fusil de Déraniro lui explosa dans la main. Quelqu'un venait de tirer sur son arme de la tour adjacente.

L'Arcaporal se remettait péniblement sur ses pieds pendant que, pris de panique, le contrebandier filait jusqu'à la sortie, tout en évitant de s'exposer inutilement au tireur d'élite planqué dans la structure voisine. Une fois debout, Smithen émit un long soupir de soulagement. En se penchant vers l'avant, il découvrit l'identité de son sauveur : le jeune Bicantin, encore aux aguets, l'œil derrière la mire de son long canon.

Chapitre VI

Toujours vivant

L'Arcaporal leva sa manche, puis son pantalon, pour me montrer les deux cicatrices laissées en souvenir par son ancien ennemi. Deux parmi tant d'autres.

— Sans l'intervention de Bulgaboom, j'serais pu icitte, c'est certain!

— Avez-vous gagné la bataille?

— Ouaip! Ensemble, on a pris le fort, mais cette saleté de Déraniro a réussi à nous échapper. S'il ne lui est rien arrivé, il doit encore courir les rues aujourd'hui...

— Et pourquoi avez-vous quitté l'armée?

— Pour une méchante bonne raison! Quelques semaines après l'attaque de Béliria, le jeune Docène voulait nous envoyer prendre Timentus, une cité tombée sous le régime d'une organisation judiciaire du Drakanitt Moyen nommée le Grand Perchoir. J'connaissais bien l'ennemi. Les hommes du Drakanitt Moyen sont soit les meilleurs intellectuels du monde, soit des sauvages sans pitié, et parfois même les deux à la fois. En plus, ils possédaient une armée deux fois plus grosse qu'la nôtre. J'savais déjà qu'la bataille allait se transformer en boucherie. Nos réserves de poudre à canon s'épuisaient et les fusils se faisaient rares. On arrivait seulement à armer un homme sur trois avec cette artillerie.

« J'ai pas voulu mener un régiment à sa mort, et Bulgaboom a pas voulu planifier un tel suicide. On a essayé de démissionner ensemble, mais on avait pas le droit. Y'a donc fallu qu'on s'exile loin, pour errer dans le nord du Drakanitt Oriental, jusqu'à ce que Bulgaboom décide de retourner sur ses terres natales, icitte. J'ai décidé d'le suivre. »

— Mais qu'est-il arrivé à cette armée?

Smithen se réchauffa les mains près du feu avant de répondre.

— Yé arrivé c'qui devait arriver…

Sans en ajouter davantage, il alla se coucher un peu plus loin, directement sur la terre.

* * *

Nous partîmes tôt le lendemain. Selon Smithen, en longeant les méandres du cours d'eau asséché, nous allions atteindre le barrage dans la soirée.

Les vents filaient vers l'est. Des nuages de terre sèche dégringolaient des collines et allaient se déposer sur la route. Bientôt, notre sentier quitta la bordure de la tranchée et bifurqua vers les plaines sablonneuses. Nous dûmes continuer notre route en direction des montagnes à travers les vallées arides. Là, une quantité bénigne d'eau coulait au creux de la longue plaie qui sillonnait les dénivellations.

— L'eau est réapparue, informai-je mes deux compagnons de route. Elle coule presque goutte à goutte. Avec la sécheresse de l'air, tout doit s'évaporer rapidement.

— Ça doit être le peu de liquide capable de s'frayer un chemin entre les pierres du barrage.

J'observai le mince filet d'eau, qui noircissait difficilement les galets entassés.

— Il faut absolument trouver un moyen pour rétablir le niveau des rivières. Les végétaux dépérissent rapidement, mais ils pourraient tous renaître si nous agissons à temps.

Smithen tâta l'herbe jaunie qui jalonnait notre parcours. Il plissa le front en frottant une brindille séchée du bout des doigts.

— Mouain… Faudra pas attendre trop longtemps.

* * *

Trois heures plus tard, Furon commençait à traîner la patte pour la première fois.

— On devrait s'arrêter, me suggéra l'Arcaporal en voyant ralentir ma monture.

— Pas tout de suite. Attendons d'être au-delà de ces dunes rocheuses.

— Pourquoi? Ta pauvre bête a besoin de repos immédiatement, tu vois pas? Bulgaboom pis moi, on transporte pas de grosses charges comme elle.

— Je ne sais pas... l'endroit m'inquiète.

Je ressentais une présence, mais pas quelque chose d'ordinaire. Impossible d'en déterminer l'identité, ni la provenance.

— J'ai l'impression qu'on nous espionne, dis-je à Smithen pour ne pas avoir à lui expliquer mon pouvoir, phénomène qu'il n'aurait certainement pas cru d'ailleurs.

— T'a-tu vu un soldat d'Holbus? Ils nous ont peut-être déjà repérés de là-haut.

Tranquillement, je descendis de Furon et observai attentivement les environs. Tranchée sèche, montagnes au nord-ouest, collines arides du côté opposé, rien de particulier ne se trouvait à proximité, à part peut-être un arbre mort, qui étendait toutes ses branches lisses du même côté. Contrairement à mes attentes, la colombe rouge ne s'y trouvait pas.

— Je sens quelque chose par là, dis-je en pointant le végétal craquelé.

Bulgaboom fit un pas en avant et fronça les sourcils. Il dégaina son arme, une longue carabine noire à la crosse de bois jaune pâle.

Je tendis l'oreille, mais entendis seulement le souffle du vent. La source de mes frissons devint alors plus claire. Elle provenait bel et bien de l'arbre.

Smithen n'osait pas me devancer. Il préférait faire le guet, car rien n'échappait à son œil vif.

Je m'accroupis et grimpai la butte comme une araignée prête à bondir. Avant de m'exposer au sommet, je le contournai méticuleusement. Je ne trouvai absolument rien d'anormal. C'était plutôt étrange.

— Est-ce que ça va? me cria l'Arcaporal.

— Il n'y a personne!

Je me remis debout et les deux autres me rejoignirent en courant. Après m'être approchée de l'arbre mort, je tâtai le tronc du bout des doigts.

— Quoi? Qu'est-ce qu'il y a? s'inquiéta Smithen.

Je laissai glisser ma main vers le haut et fermai les paupières, en continuant de palper le bois lisse. Je la montai encore en serpentant sur toute la largeur du tronc lisse. Ma paume toucha enfin un objet piriforme à la texture veloutée. J'ouvris les yeux.

— On dirait une sorte de cocon, lui appris-je. C'est beaucoup trop volumineux pour être un simple papillon.

Il était de la grosseur d'une main ouverte, de couleur marron et doté d'une enveloppe s'apparentant à une coquille d'œuf. Sa composition en spirale rappelait les formes d'un coquillage.

Prise de curiosité, je donnai une chiquenaude en dessous pour voir si la bête à l'intérieur allait réagir. Tout semblait sec et mort; il vacillait légèrement sous la branche grinçante.

— C't'une grosse bestiole! s'exclama Smithen.

— Effectivement. Je n'ai jamais vu la coquille d'un insecte aussi gros.

Il se balançait encore et encore, mais ce n'était pas sous l'effet du vent ou d'une autre force provenant de l'extérieur. En nous concentrant, nous pouvions bel et bien entendre des coups à l'intérieur du cocon. Apparemment, une créature voulait en sortir.

— Je viens de réveiller quelque chose, on dirait.

— Il faudrait penser à déguerpir, s'empressa de suggérer Smithen. C'est peut-être venimeux! À la taille d'la bête, j'imagine pas le genre de dard que je pourrais m'faire enfoncer dans le cou!

La base craquela et une main minuscule se glissa à l'extérieur. Elle tâta la surface de l'enveloppe pour y casser des morceaux. Puis une autre main émergea à l'air libre pour fendiller d'autres sections. À chaque effort, nous entendions une faible respiration. Puis des cheveux aux mèches bleues, vertes et jaunes s'étalèrent hors de l'orifice.

— C'est une toute petite personne, dis-je, éblouie.

— Bulgaboom… marmonna le petit homme en observant la scène d'un air toujours méfiant.

Les craquelures montèrent sur toute la surface du cocon, puis l'enveloppe entière se brisa en morceaux. Une petite boule zébrée de lignes noires et blanches en sortit et tomba aussitôt de façon un peu maladroite. Un cri aigu retentit durant presque toute la chute, puis le bruit cessa lorsque la créature percuta le sol.

— Ça va? dis-je en m'approchant.

Aussitôt, une voix émana de l'intérieur de cette chose :

— Mes ailes sont collées, je ne peux pas sortir! Aidez-moi quelqu'un!

Je pinçai la boule rayée du bout des doigts et tirai de chaque côté.

— Faites attention! Ne tirez pas trop fort! criait-on de l'intérieur. Vous pourriez les briser!

Je grimaçai et tentai de libérer le petit être de cette mauvaise posture. En pinçant minutieusement chaque côté, l'enveloppe se sépara en deux morceaux égaux. Il s'agissait d'ailes identiques à celles des papillons, encore ratatinées et humides. Lorsqu'elles se déployèrent, nous vîmes la créature qui se cachait derrière : une jeune fille à la chevelure tricolore, pas plus haute que mon pied. Elle se releva, se secoua tout le corps avec ses mains et replia ses grandes ailes zébrées derrière elle.

— Ouf! Enfin un peu d'air frais!

Elle gonfla ses poumons au maximum et expira à plusieurs reprises. Pendant qu'elle reprenait ainsi son souffle, je l'observai avec fascination, exactement comme le faisaient mes deux compagnons. Jamais nous n'avions observé une créature aussi fabuleuse.

Évidemment, comme nous la fixions avec acharnement, cette minuscule fille se sentit un peu intimidée :

— Pourquoi vous m'observez ainsi? Vous m'excuserez d'interrompre votre spectacle, mais je suis complètement nue!

Elle se cacha avec l'une de ses ailes, de façon fort pudique. Je m'excusai aussitôt tout en reculant en bas de la colline :

— Je suis vraiment désolée, mais c'est la première fois que je vois une personne aussi petite! Qui êtes-vous donc?

— Je vous renvoie la question, si je peux me le permettre.

— Je suis Alégracia. Voici Smithen et Bulgaboom.

La demoiselle nouvellement libérée secouait ses cheveux colorés avec ses minuscules mains pour les démêler.

— Moi, je suis Hindris, dit-elle sans nous observer, trop concentrée sur sa tignasse.

Elle se lécha ensuite les ailes pour enlever l'enduit visqueux qui les recouvrait.

— En tombant, comme vous avez pu le voir, j'ai essayé de m'envoler. Mes ailes sont tout simplement restées collées.

— Vous n'avez pas eu mal?

— Non, pas vraiment. Je n'éprouverai plus de douleur à partir de maintenant. Ce cocon était bien utile pour ma transformation en ange, mais je suis bien heureuse d'en être enfin sortie. Si vous ne m'aviez pas réveillée, je serais probablement encore en train de dormir à l'intérieur.

— Si vous êtes un ange aujourd'hui, qu'étiez-vous avant?

Elle cessa de se lécher les ailes pour me dévisager.

— Vous ne savez pas du tout ce que sont les Arnallies, n'est-ce pas?

— Non, pas vraiment.

— C'est très simple, pourtant. Nous avons un cheminement de vie qui s'apparente drôlement à celui des papillons, avec quelques nuances. Au départ, nous naissons en démons et, à la puberté, nous nous formons un cocon qui nous métamorphosera en ange. C'est maintenant ce que je suis, un ange. Voilà.

Hindris secoua vivement ses ailes de papillon et tenta de prendre son envol. Au lieu de vibrer comme elles le devaient, elles ondulaient comme des draps que l'on agite. Devant son échec, la créature s'irrita.

— Ah zut! Je croyais n'éprouver aucune difficulté à m'envoler une fois libre!

— Vos ailes semblent encore bien molles. Vous n'y parviendrez pas immédiatement, selon moi.

— Je sais! C'est pourquoi je serai obligée d'utiliser mes jambes comme autrefois.

— Pour aller où?

Ma question rebondit en écho sur les collines.

Hindris venait de constater l'altération des paysages depuis sa coconisation. L'herbe avait laissé place à la terre sèche mêlée avec le sable, et l'arbre vigoureux qu'elle avait choisi pour se suspendre avait perdu sa peau et sa parure verdâtre.

La petite Arnallie n'osait en croire ses yeux.

— Que s'est-il passé ici? Où est l'eau de la rivière? Les fleurs du parterre?

— C'est une longue histoire, mais nous pouvons t'expliquer. Tu devrais t'asseoir…

* * *

Après qu'Hindris s'eût taillé un simili-costume dans de l'écorce sèche, il nous fallut plus d'une heure pour prouver la véracité de nos explications. Smithen racontait avec précision les événements marquants de la guerre des Collines-aux-Aurores-Pourpres, puisqu'il avait suivi les événements de près. La petite n'osait à peine y croire.

— Alors, c'est un barrage qui retient l'eau de notre province?

Tout comme moi, à la fois réellement et métaphoriquement, Hindris venait juste de sortir de son cocon. Nous partagions cette seule caractéristique. Du caractère, elle en avait pour deux!

— Ouaip! confirma l'Arcaporal.

— Bon sang! Peuvent-ils vraiment manquer de lucidité à ce point? S'ils veulent tuer les rebelles, qu'ils viennent les affronter en personne! Assécher la province, quelle idée saugrenue! Ils sont froussards ou quoi?

Je ne comprenais pas la réaction violente et directe d'Hindris. Daneruké m'avait expliqué que les anges promouvaient toujours des valeurs fondamentales comme la paix. Cela ne semblait pas être le cas pour notre nouvelle amie.

—Vous êtes plutôt agressive, pour un ange, avouai-je.

— J'ai simplement le droit d'avoir mon opinion! Vous n'êtes pas d'accord avec moi?

— Évidemment. Seulement…

— Tu aurais dû me voir durant mon enfance. Les Arnallies démons sont la peste incarnée. Je comprends pourquoi ma mère a pondu son œuf dans les contrées sauvages, à des kilomètres de la civilisation.

— Où se trouve ta mère?

— Ça m'importe peu. Les Arnallies abandonnent leurs œufs dans la nature et ne voient jamais leur progéniture.

Voilà une culture plutôt insolite. Je me mis à penser à Mosarie, qui nous avait surprotégées durant douze ans, Sintara et moi. Elle avait tant pleuré à l'idée de notre séparation.

— Pourquoi vos parents ne vous élèvent-ils pas auprès d'eux?

— Parce que c'est trop dangereux. Tant que nous ne sommes pas au creux d'un cocon, nous représentons un danger pour toute forme de vie qui soit de notre taille. Chaque Arnallie a vécu au moins un an sous la forme d'un petit diable glauque qui adore grimper aux arbres.

— Une race de démons capables de se transformer en anges. Quel paradoxe!

Hindris continuait à se lécher les ailes tout en conversant. Ces dernières devenaient de plus en plus droites et luisantes. Pour vérifier leur dureté, l'Arnallie les secoua vigoureusement derrière son dos. Elles semblaient assez robustes pour supporter son poids pendant un premier vol. Ce test sembla satisfaire pleinement le petit ange.

— Il est temps de faire un essai! s'écria-t-elle.

Smithen et Bulgaboom s'assirent pour contempler le spectacle. Pendant que je reculais, Hindris agitait ses ailes, toujours de plus en plus vite. Elle se pencha, raidit les jambes, puis appuya les mains sur le sol.

— Je suis enfin prête à conquérir les cieux! Regardez-bien.

À la suite de cet effort, le visage d'Hindris rougit. L'Arnallie battait des ailes de plus en plus rapidement et, bientôt, elle quitta le sol pour monter lentement dans les airs, jusqu'à dépasser les branches de l'arbre sec.

— Bravo! Tu as réussi! criai-je pour l'encourager.

Hindris ne répondait pas. En serrant les poings, elle tentait de rester stable.

— La petite a l'air de forcer pas mal! commenta Smithen.

— Voler ne doit pas être aisé pour elle, surtout la première fois. Les oiseaux doivent s'entraîner durant des jours avant d'y parvenir.

Après être restée quelques secondes à la même altitude, le visage toujours aussi crispé, l'Arnallie redescendit par terre et tomba sur les genoux. Elle posa douloureusement les mains sur sa tête.

— Est-ce que ça va? demandai-je en me relevant.

Je n'obtins aucune réponse. Hindris semblait mal en point. Ses mains glissèrent de ses tempes jusqu'à sa bouche, et là, elle toussa tout en approchant son visage du sol. Elle serra les dents, puis commença à vomir en râlant. Après qu'elle eût régurgité le jus gastrique produit par son estomac depuis sa métamorphose, l'Arnallie s'expliqua :

— J'ai… j'ai le vertige. Voler, ce n'est pas comme grimper aux arbres.

— Ne t'en fais pas. Tu apprendras vite à te maîtriser.

— Je l'espère.

Chapitre VII

Les esclaves du barrage

Après une longue discussion, nous avions convaincu Hindris de nous accompagner jusqu'au barrage. Depuis l'échec de son premier vol, elle s'était montrée plus courtoise envers nous. Nous étions les seules personnes à qui elle pouvait parler, désormais, et la petite Arnallie semblait détester la solitude. Elle accepta même de nous en raconter davantage sur sa fascinante race.

Comme elle l'avait mentionné plus tôt, les anges appartenant à cette race abandonnent leur œuf en pleine contrée sauvage. Cet œuf oublié donnera naissance à un petit humanoïde vert, aux oreilles fourchues et à la chevelure grise, qui héritera instinctivement d'une partie des connaissances de ses ancêtres. En fait, à la naissance, les Arnallies savent déjà parler et sont souvent aussi cultivés qu'un adolescent humain de quinze ans.

Durant ce stade de leur vie, les Arnallies se cachent dans le feuillage des arbres et s'attaquent aux rongeurs ainsi qu'aux oiseaux qui osent s'y percher. Ces pestes agressent parfois même les voyageurs, mais réussissent rarement à leur causer de véritable tort. D'une agressivité hors du commun, ils s'en prennent à tout être vivant sans craindre la mort, car, apparemment, rien ne pourrait venir à bout des membres de cette espèce, sinon le Temps lui-même. Toute forme d'attaque, que ce soit un piétinement volontaire, un coup d'épée acérée ou même un tir de fusil à bout portant, ne leur fait pratiquement aucun mal.

Après une année entière de vie sous la forme d'un démon, les Arnallies se tissent un cocon, en utilisant leurs longs cheveux magiques comme fils, pour devenir une chrysalide. Elles doivent attendre plusieurs mois avant de renaître en ange.

Ces créatures sont étrangement tous de sexe féminin. Elles possèdent des ailes membraneuses, dont les rayures noires et blanches montrent des motifs uniques. D'ailleurs, elles sont dotés d'une chevelure tricolore tout aussi spécifique. Les médecins du Plateau-Doré utilisent les cendres des cheveux d'Arnallie pour fabriquer de nombreux médicaments miraculeux.

Malgré toutes les connaissances dont disposait Hindris, elle n'avait pas réussi à nous informer sur le mode de reproduction des membres de sa race. Cela, semblait-il, était un mystère aux yeux de tous.

* * *

En fin d'après-midi, nous vîmes le tracé de la rivière asséchée entre les montagnes, dont les bordures rocheuses formaient un canyon miniature. La pierre terne des parois était souvent marquée de stries pâlottes d'origine minérale, qui ressemblaient à des araignées difformes. Une ombre froide et absorbante envahissait ce couloir.

Quelques arbres résineux parvenaient à pousser aux alentours, bien que péniblement. Ils tiraient le peu d'eau nécessaire à leur croissance dans le mince filet qui coulait entre les cailloux. Trois jeunes ormes montraient également fièrement les premières feuilles vertes de la saison printanière.

— C'est par là qu'une partie du fleuve Masaccia s'déversait avant, nous expliqua l'Arcaporal. On devra commencer à faire gaffe, la zone est p't'être déjà surveillée.

— Bulgaboom! grogna le petit bonhomme en scrutant chaque recoin.

— Le barrage est-il encore loin? demandai-je.

— Nah! Suffit d'marcher encore quelques minutes pour y aboutir.

Bulgaboom jeta un dernier coup d'œil aux alentours avant de nous faire signe d'avancer.

Sous le conseil judicieux de l'Arcaporal, j'attachai Furon à un arbre qui se dressait au sommet d'une butte élevée, loin devant l'ouverture vertigineuse de la crevasse. Je proposai aussi à Hindris de grimper sur mon épaule, mais elle préféra rester derrière moi, sur le cheval.

Nous pénétrâmes lentement dans la gueule du couloir ombragé. Chacun de nos sons y produisait un écho aigu et persistant. Pour la première fois depuis longtemps, le sol retrouvait une texture vaseuse. Des touffes d'herbe verte cernaient les grosses pierres ovoïdes qui jalonnaient le passage. L'écoulement d'eau y jouait, en solitaire, une musique relaxante et rafraîchissante à la fois.

Après une marche silencieuse, l'Arcaporal se mit à chuchoter.

— On les z'entend d'ici…

Effectivement, avec une bonne concentration, des martèlements éloignés et des voix distantes rebondissaient sur les pierres tachées de reflets miroitants.

— Ça travaille dur sur le chantier, vous pouvez m'croire!

— Comment? Y aurait-il encore des esclaves affairés sur la structure?

— Possible! Faut toujours solidifier les barrages un bon boutte pour qu'ils soient sûrs.

L'escapade se poursuivit en silence. Nous longeâmes le flanc sombre le plus silencieusement possible. Bulgaboom restait toujours aux aguets, sa carabine à la main. Smithen, quant à lui, se pencha à une intersection pour examiner la voie.

— C'est icitte! On peut tout voir de notre position.

Je m'approchai également du coin de la façade de pierre. En dévoilant mon visage au soleil, je vis enfin la structure responsable du déclin de la vie dans les Collines-aux-Aurores-Pourpres : un barrage élevé sur une vingtaine de mètres. Le mur avait été construit avec de gigantesques pierres taillées, dont la plupart des recoins avaient été bouchés avec du mortier blanc. Une énorme armature en forme de « M » supportait toute la façade.

À genoux, sur des échafaudages de bois retenus par des cordes, une trentaine d'ouvriers s'affairaient à former un longeron de mortier sous la passerelle, d'où des soldats surveillaient l'évolution des opérations. Le son de leur voix devenait plus distinctif, bien qu'il était encore impossible de déchiffrer les conversations entamées là-haut.

— Pas question de faire exploser ce barrage si des esclaves innocents s'y trouvent encore, dis-je avec conviction.

— Bulgaboom! dit le barbu en hochant la tête.

— De quel équipement disposez-vous, au juste?

— Mon p'tit ami a assez d'matériel dans son sac pour faire sauter tout le château d'Holbus, promesse d'Arcaporal. Y construit ses bombes spécialement selon ses cibles. Faut lui faire confiance.

— Ce sera long?

— Ça dépend… faudrait lui donner une bonne demi-heure, peut-être même une heure, si c'est compliqué.

Je jetai un autre coup d'œil attentif sur les ouvriers lointains.

— Les esclaves libéreront le chantier bientôt, selon vous?

— Ça m'surprendrait. Y construisent une grosse poutre de béton. Faut pas qu'le matériel sèche avant de mettre d'autres couches, sinon ça crée des faiblesses.

Effectivement, l'aire de travail ne semblait pas vouloir se libérer. Cinq autres tâcherons rejoignaient les autres pour leur porter assistance.

— Une heure, cela me laisserait le temps d'agir.

— Agir?

— Je vais monter là-haut et emmener les travailleurs en sécurité.

Les trois autres me regardèrent, l'air perplexe. On doutait de mes compétences; personne ne s'imaginait que Daneruké m'avait initié à l'art des danses magiques.

— T'imagines le nombre de gardes que tu vas devoir affronter en haut? me lança l'Arcaporal d'une voix retenue. Tu cours directement à ta perte.

— Je n'ai pas l'intention de m'exposer aux gardes, n'ayez crainte. Il me faut simplement avertir les esclaves, discrètement, et ensuite je repartirai aussi vite que je serai arrivée.

— Tu devras alors t'en tenir à ça uniquement, sinon on risque d'avoir de gros problèmes.

Bulgaboom fouilla rapidement dans son sac et en sortit un petit tube cartonné de couleur noire, d'où une ficelle à moitié effilochée pendait à l'extrémité. Il la passa à son grand ami.

— Tiens, prends c'te fusée-là. Quand la voie s'ra complètement libre et que tu s'ras en sûreté, tu tires sur la corde et ça fait décoller un feu d'artifice. Ça nous avertira qu'on pourra tout faire sauter.

Je les remerciai et attachai soigneusement l'instrument inusuel à ma ceinture.

— Alors, votre explosif sera au point dans le temps prévu?

— Ouaip! Promesse d'Arcaporal.

— Bulgaboom! ajouta son ami.

Je pris alors une profonde respiration et attachai mes cheveux avec un ruban vert, sans trop penser aux conséquences que pouvait engendrer ma témérité.

— Soyez prêts.

Je m'éclipsai aussitôt, en me faufilant furtivement entre les obstacles rocheux et les arbustes des rampes riveraines, pour me rapprocher de la construction vertigineuse. Arrivée en bas, j'observai la surface de la falaise pour déterminer où j'allais pouvoir grimper plus facilement. Je ressentis plusieurs frissons à ce moment. Grâce à eux, j'arrivais à déterminer la position de chacun des soldats qui parcouraient les rampes. Je choisis donc mon itinéraire de façon à demeurer bien dissimulée.

Toutefois, parmi les frémissements qui parcouraient mon corps, un seul ne semblait pas du tout associé à un garde ordinaire. J'avais la certitude que cette sensation n'était nullement causée par un humain. Il s'agissait peut-être d'un danger potentiel pour mes amis ou moi, et je choisis d'aller l'examiner de plus près. Ne pas tenir compte de cet avertissement aurait été imprudent.

* * *

Bulgaboom tendit les bras par derrière et laissa son sac à dos glisser jusqu'au sol. Il en dénoua les trois attaches de cuir et plongea son regard dans son bric-à-brac personnel. Le barbu écarta une série d'objets et y enleva un livre de petites dimensions mais épais comme une encyclopédie.

— Qu'est-ce que c'est? demanda curieusement Hindris à l'Arcaporal.

— Ça, c'est son recueil personnel, les plans des explosifs qu'il a conçus lui-même. Quand il ouvre son bouquin, on peut s'attendre à tout un feu d'artifice!

Smithen s'avança près de son ami et observa l'ouvrage par-dessus son épaule. Bulgaboom tournait les pages du bout de ses doigts dodus et s'arrêta au milieu du volume, sur des écrits et des schémas indéchiffrables pour le grand crasseux. L'index de l'artificier vagabonda le long des paragraphes et s'arrêta sur le dessin d'un petit rongeur, dessiné maladroitement à l'encre bleue.

— Bulgaboom...

— Quoi? C'est quoi, ça?

L'Arcaporal se frotta le menton et leva son regard vers le ciel.

— Ouais! C'est pas une bombe fabriquée avec des écureuils?

— Bulgaboom!

— Y t'en faut combien?

Le barbu ouvrit la main et écarta ses doigts pour montrer le chiffre cinq à son ami.

— Cinq? s'exclama le grand en s'agrippant les cheveux. On n'aura jamais le temps d'les trouver à temps! Et il les faut vivants!

Hindris, assise à l'arrière sur une roche, osa leur proposer ses services. Grâce à ses antécédents de démon arboricole, la chasse aux rongeurs n'avait plus aucun secret pour elle.

— Mettre la main sur des bestioles poilues? Rien de plus facile pour Hindris!

— Tu t'en occupes?

— Sans problème!

— Parfait. T'as une demi-heure pour nous rapporter ceux qui serviront si noblement leur province. Oublie pas, ils doivent rester en bon état!

L'Arnallie hocha la tête et courut vers le regroupement d'arbres, près du flanc opposé à la tranchée. Pendant ce temps, Bulgaboom rassemblait tout le matériel nécessaire à la confection de son chef-d'œuvre : éprouvettes à goulot évasé, bouchons de liège, longues mèches à combustion lente, lacets de cuir, pots de céramique, poudre flarrion, poudre flarkante et gomme pétillante.

* * *

Après maints efforts, je me rapprochai du sommet de la crevasse. Mes fourreaux de cuir frottaient contre la pierre noire du gouffre. Sur ma gauche, une paroi de roc me camouflait des soldats qui patrouillaient sur le couloir de ronde, au sommet du barrage.

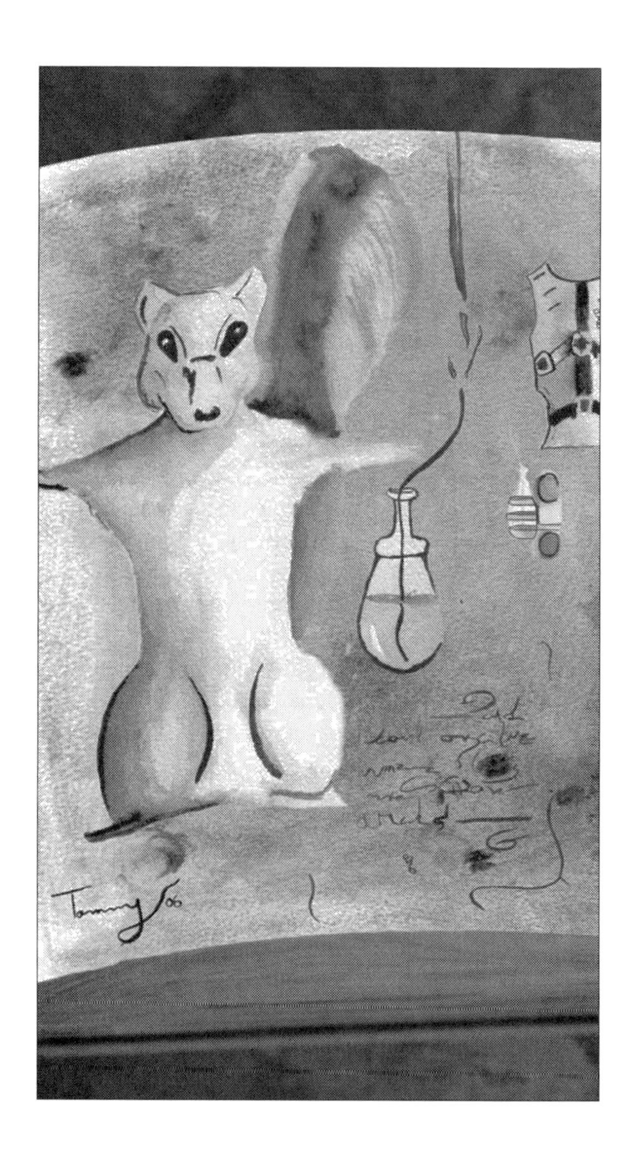

Plus je m'éloignais du sol, plus le son du mouvement de l'eau devenait clair. Un long fleuve s'étendait juste de l'autre côté de cette immense construction. Parfois, des vagues percutaient la surface de béton et le mur entier vibrait sous cette force. L'eau exprimait ainsi toute sa colère.

Grâce à ces bruits ambiants, déjà mêlés aux discussions incessantes des travailleurs, mon ascension passa totalement inaperçue.

Une fois arrivée au sommet, je ne ressentis plus le moindre frémissement. Même celui que j'avais associé à un être non humain avait complètement disparu durant mon parcours. Je m'en sentais soulagée, d'une façon. Je n'aurais pas éprouvé le moindre plaisir à affronter une créature démoniaque ou une menace d'une tout autre nature.

Néanmoins, cette absence de sensation ne signifiait pas que je devais abaisser ma vigilance. Au contraire, il me fallait garder une concentration exemplaire pour éviter qu'on me surprenne. Je ne pouvais désormais me fier qu'à mes yeux et à mes oreilles.

Ancrant mes mains à un rocher plat, je me hissai une dernière fois avant de m'asseoir pour reprendre mon souffle. Je gardai la tête haute, car la vue de plongée me procurait des sensations désagréables de vertige.

Une ombre se projeta sur moi. Des bruits de pas approchaient sur la passerelle d'en haut. Pour me mettre à couvert, je m'enfonçai dans une ouverture naturelle qui ressemblait à la gueule d'un molosse géant.

La plaie dans la paroi s'enfonçait dans le roc plus loin que je ne l'avais imaginé au départ. En rampant, j'atteignis l'autre extrémité de l'étroit passage. Celui-ci débouchait juste devant l'échafaudage, où les esclaves oeuvraient sous la supervision des gardes, lesquels affichaient des couleurs reconnaissables : le rouge et le noir d'Holbus.

Vingt travailleurs, à genoux sur les planches vieillottes, appliquaient du béton à l'aide de spatules encrassées sur le longeron à moitié formé. La couleur de la surface construite se dégradait du gris-brun au blanc d'œuf – là où en étaient les opérations –, car le mortier se ternissait généralement après les longues heures de séchage. Lorsqu'un baril de béton se vidait, un homme le roulait jusqu'à l'échelle de cordage, où il suspendait l'anneau du contenant au crochet métallique d'une écharpe. Des soldats hissaient alors le tonneau et, en retour, en fournissaient un autre plein à ras-bord.

Un des esclaves déposa ses outils sur les planches et se leva debout. Il avait les cheveux frisés et sa barbe noire était presque aussi longue que celle de Bulgaboom. D'une voix certaine, il cria au garde d'en haut :

— J'ai soif!

Voyant qu'on ignorait sa plainte, il répéta, cette fois-ci encore plus fort.

— Hé! J'ai soif! Qu'on m'apporte à boire!

Embarrassé, le soldat recula d'un pas pour échapper au champ de vision du plaignant.

— Comment souhaitez-vous obtenir du bon travail avec de pareilles conditions? Mon corps s'assèche, je sens presque les craquelures traverser ma peau! Bientôt, je cracherai seulement de la poussière!

Un nouveau garde se montra du haut de la passerelle. Il enjamba la barrière d'acier et s'assit sur la bordure, les jambes pendant dans le vide. D'un mouvement sec, il lança une gourde pleine au seul travailleur debout.

— Mes remerciements, sir Segnar Rackten'Dar.

— Ta gueule et bois, Schernivale.

— Vous avez l'air de mauvaise humeur, sir Segnar Rackten'Dar.

— En effet…

Le soleil luisait sur l'armure du soldat, plus que sur toutes les autres. Sans doute venait-elle d'être lustrée avec une cire de première qualité.

— J'en ai marre d'être ici, presque autant que vous. Je me suis engagé dans l'armée pour me battre, et on me laisse moisir là à surveiller un ouvrage de construction.

— Vous battre? Mais quel fou rechercherait la bagarre?

— Attention, Schernivale! Il existe une énorme nuance entre les simples bastonnades de truands et les nobles combats à l'épée. L'un consiste en de la violence grotesque, l'autre est un art.

— Appliquer le béton est-il également un art? Je me demande ce que nous faisons exactement : construire ou détruire?

— Vous obéissez, c'est tout.

Segnar dégaina son épée et la montra au travailleur. La lame dorée, emmanchée dans une garde d'argent en forme de trèfle et au manche garni de tresses dorées, luisait autant que l'armure. Des gravures familiales ornaient le fort de la lame jusqu'à son centre.

— La chair de mes confrères n'a pas été pourfendue par ce genre d'arme, sir Segnar Rackten'Dar!

— Non. Je ne porte pas les instruments de guerre de l'armée. Cette arme a été forgée au Drakanitt par mon grand-père; je ne l'ai encore jamais utilisée. Je l'ai cachée durant tout mon séjour à l'Académie, par peur de me la faire confisquer.

— Vous êtes jeune, sir Segnar Rackten'Dar!

— En effet…

Après ces derniers mots, Schernivale porta le goulot à sa bouche et but à satiété. Il relança ensuite le contenant au surveillant.

Un patrouilleur s'approcha de Segnar et lui chuchota des mots à l'oreille, en pointant le côté ouest du barrage. Stupéfait, Rackten'Dar se releva et remonta sur la passerelle tout en resserrant les sangles de son armure.

— Que se passe-t-il, sir?

— Le lieutenant Kazz vient faire de la surveillance. Il déteste toute forme de fraternité avec les esclaves.

— Vous le craignez?

— Tout le monde ici craint Kazz.

Schernivale s'agenouilla de nouveau pour se remettre au travail et les deux gardiens s'éloignèrent de mon côté en interrompant leur conversation. Plus tard, une silhouette imposante enjamba la passerelle d'un pas très lourd. Elle s'arrêta au milieu et se tourna vers les travailleurs ; ces derniers n'osaient même pas porter le moindre regard vers cet observateur silencieux, de crainte de recevoir un châtiment sévère.

L'armure du lieutenant Kazz inspirait la crainte et la sauvagerie sanguinaire des démons. Même de loin, elle paraissait lourde, épaisse et solide. La seule partie de son corps qui était exposée se trouvait derrière la fente en « T » de son grand casque. Cette dernière pièce était munie de deux cornes dorées, inclinées vers le bas. Des épines métalliques de la même couleur recouvraient systématiquement tout le reste de son harnais.

L'homme d'autorité resta tourné en direction des travailleurs pendant un moment, qui sembla durer une éternité. Il pivota ensuite et retourna vers ses quartiers du même pas machinal.

J'en avais assez vu. Je devais agir sans plus attendre. Aucun de ces travailleurs n'allait survivre à l'explosion du barrage sans qu'ont les ait préalablement reconduits dans un endroit sécuritaire.

Je rampai doucement par derrière, puis sortis silencieusement de la caverne, les yeux rivés vers la structure en construction. Debout sur la pierre lisse, le dos appuyé contre les rochers plats, je pris une grande inspiration. Soudain, tous mes poils se hérissèrent!

Sifflements métalliques.

On m'agressa en m'appuyant une lame contre la gorge, mais, grâce à ma rapidité, j'eus le temps d'appuyer ma propre épée contre la gorge de mon agresseur.

Une sensation inexplicable m'envahit alors.

Je pris une autre inspiration, l'effet persistait. Ma bouche s'entrouvris par la force de l'extase. La lame appuyée contre ma gorge me procurait un effet réconfortant. Une aura blafarde glissait sur le métal jusqu'à moi, comme un feu doux voulant m'embraser. Ma main devint moite, mon arme tremblotait, ma vue s'embrouillait. Les deux ailes sculptées au pommeau de l'épée reflétaient les couleurs du spectre. Une main gantée tenait fermement le manche, et le bras se perdait derrière une cape noire comme la nuit. Sous le capuchon, je vis ses yeux.

— Riuth?

Après avoir prononcé le nom, j'échappai mon arme ; il la rattrapa d'un geste rapide et me la tendis de nouveau.

— Qui es-tu? murmura l'homme, toujours caché dans l'ombre.

Il rangea son arme et retira le capuchon de son visage.

Je le revoyais enfin, il n'avait pas changé. Les cheveux blancs comme un clair de lune, les yeux miroitant à chaque regard, un visage mince, tout était resté imprimé dans ma mémoire durant toutes ces années. J'espérais seulement ne pas rêver.

— Riuth! C'est bien toi!

Le prince plissa le visage en tentant de me reconnaître. Sous cette crasse qui recouvrait sa peau, il avait presque l'air d'avoir mon âge.

— Souviens-toi des mines, je suis la fillette que tu as sauvée.

— Alégracia?

— Tu connais mon nom?

Un soldat s'approcha de par le haut. Riuth me prit par les épaules et m'entraîna plus près de la grotte pour nous dissimuler. Cette fois encore, notre présence ne fut guère remarquée.

— Oui. Ton nom m'est effectivement familier. Nous te cherchons depuis des années, Alégracia.

— Nous?

— Les Xayiris et moi. Je suis à leur service, tu vois. Ils respectent des idéaux semblables à ceux des hommes retenus là-haut. Cela explique ma présence.

— Tu es venu ici pour moi? demandai-je, en songeant immédiatement à la colombe rouge.

Le prince se mit à sourire.

— Non. Quoique je remercie le destin de nous avoir réunis de nouveau.

Le corps de Riuth me réchauffait comme une couverture de velours. J'aurais aimé me blottir contre lui toute la journée, mais le temps pressait. J'avais une mission à accomplir.

— Ce doit être pour les esclaves?

— Oui. Je suis venu leur porter secours. Le barrage est presque achevé et la province est complètement dévastée. En conséquence, la surveillance a été réduite dans la zone. Je crois avoir le temps de retenir Kazz assez longtemps pour permettre aux prisonniers de s'enfuir par la fourche du côté ouest.

— Et les autres gardiens?

— Ils ne me poseront aucun problème. Le réel enjeu tourne autour du lieutenant d'Holbus.

— Pourquoi donc?

— Parce qu'il est invincible.

Chapitre VIII

Le lieutenant d'Holbus

Cachée derrière une racine, les ailes repliées au maximum, Hindris s'apprêtait à bondir, comme une panthère qui guette silencieusement sa proie.

Le gros écureuil ne se doutait pas que l'Arnallie l'avait désigné comme cible. Il retournait rapidement un cône de pin entre ses pattes et en arrachait des morceaux pour dégarnir le noyau. De temps à autre, il se figeait pour renifler l'air, bougeant seulement le bout du museau, avant de reprendre sa manœuvre initiale avec acharnement.

Hindris continua d'avancer furtivement vers le rongeur. Accroupie, elle évitait de poser mains et pieds sur les aiguilles sèches qui recouvraient cette partie du sol.

L'animal continuait de grignoter son cône quand il redressa la tête. Ses gros yeux noirs se posèrent sur l'Arnallie ; cette dernière n'attendit pas une seconde de plus. Elle bondit vers le rongeur, mais l'écureuil réagit plus rapidement et se sauva à l'intérieur des branchages du pin en laissant tomber son fruit derrière lui.

— Zut, zut et zut! Je n'arriverai jamais à attraper cinq de ces bestioles en si peu de temps.

Hindris entendait l'animal agiter les rameaux du pin, juste au-dessus d'elle.

— Non! Ça ne se passera pas ainsi. Je te le jure, tu ne m'échapperas pas une seconde fois.

L'ange se précipita à la base du conifère et s'agrippa prestement à l'écorce raboteuse. Elle grimpa de toutes ses forces et se retrouva vite au centre de l'arbre. L'Arnallie regrettait d'avoir perdu ses anciennes griffes qui lui auraient certainement conféré un avantage dans cette situation.

— Où te caches-tu? Hein?

Hindris tendit l'oreille, mais le rongeur avait cessé tout mouvement. Elle monta encore sur le tronc et observa les branches plus élevées. Enfin, l'ange remarqua de nouveau sa proie, qui tentait silencieusement d'arracher un nouveau cône de pin avec ses dents.

— Ça y est. Tu es à moi…

La prédatrice se hissa d'un mètre supplémentaire et se retrouva au niveau de l'animal. Elle s'engagea ensuite sur sa branche, serrant le bois entre ses mains et appuyant ses pieds contre les longues épines étendues à l'horizontale. Même si les rameaux vacillaient sous le poids de l'Arnallie, le rongeur poursuivit sa besogne sans inquiétude.

Avec la vivacité du guépard, Hindris se précipita sur l'écureuil et l'attrapa par le torse. L'animal gigota aussitôt dans tous les sens en poussant une série de cris stridents. Bien que l'ange tentât de maintenir sa prise, elle perdit pied et tomba à la renverse.

Juste avant de toucher le sol, l'Arnallie parvint à s'agripper à la patte arrière du rongeur. Ce dernier fut déséquilibré et chuta à son tour, mais, au dernier moment, il s'agrippa à la branche avec ses deux pattes antérieures.

Ils se retrouvèrent tous les deux dans une position fort fâcheuse. L'écureuil pendu sous la série d'épines et, juste en dessous, Hindris, qui ne voulait pas lâcher le pied de l'animal. Les griffes du rongeur glissaient une à une sur l'écorce, lentement.

— Si je dois tomber, tu tombes avec moi!

L'Arnallie donnait des coups pour entraîner l'animal dans sa chute ; ce dernier gardait toujours une prise solide sur le conifère.

— Lâche cette branche!

L'écureuil recommença à se trémousser et la main de l'ange glissa vers le bas. Le rongeur releva la patte d'un coup sec et Hindris dégringola aussitôt en accrochant tous les rameaux du pin. Lorsqu'elle percuta le sol, à la base du tronc, elle leva le poing et maudit le rongeur resté suspendu.

— Saleté de bestiole! Je n'en ai pas terminé avec toi!

Après avoir prononcé ces paroles, l'Arnallie reçut un cône de pin derrière la tête. Elle jura avoir entendu l'animal rire à s'en décrocher la mâchoire.

Ridiculisée au plus profond de son être, l'ange devint rouge de colère. Sans plus réfléchir, elle décolla comme une flèche à travers les épines du pin, oubliant complètement son mal de l'air, et administra un violent crochet sur la joue du rongeur. Complètement sonné, l'écureuil dégringola jusqu'à la base de l'arbre et s'écrasa dans la boue.

— Et de un!

Hindris descendit alors, tout en prenant de grandes respirations pour se calmer. Elle hissa ensuite l'animal sur ses épaules et alla le confier à Smithen, qui attendait un peu plus loin.

* * *

Riuth replaçait l'épais capuchon sur sa tête. Entre deux rochers sablonneux, il observait les soldats royaux faire la ronde sur la passerelle supérieure du barrage.

— J'ai compté vingt gardiens en tout. Théoriquement, il devrait y en avoir le même nombre dans les baraquements à l'ouest.

— Où le chemin mène-t-il? Complètement de l'autre côté?

— Il mène aux quartiers des esclaves, une zone fermée, entourée de falaises presque infranchissables. Le seul moyen d'en sortir est la voie cimentée du barrage ou en barque, sur le fleuve.

— Pour atteindre la fourche ouest, les travailleurs courront un grand danger, non? Il leur faudra traverser le camp des soldats.

— Effectivement, répondit le prince avec une voix incertaine.

— J'ai des amis positionnés au bas du canyon. Nous avons établi un plan. Ils feront tout sauter à mon signal.

Je montrai le tube cartonné à Riuth. Il comprit immédiatement ce que cela signifiait.

— J'ignorais que tu faisais partie de l'équipe des dynamiteurs, ajouta-t-il, avec un air perplexe.

— Mes amis sont en bas…

Je n'avais pas vraiment compris son vocabulaire, et ma réplique fut aussi confuse que sa remarque. Pour éviter d'interrompre notre mission, je continuai d'élaborer l'ombre d'une stratégie :

— Nous pourrions les emmener dans la zone fermée, à l'est. Si mes compagnons réussissent à faire exploser le barrage, la seule voie terrestre menant à cet endroit sera détruite. Les esclaves y seront en sécurité.

Riuth acquiesca d'un signe de tête.

— Il faut seulement nous assurer qu'aucun soldat d'Holbus ne restera cloîtré dans la zone au moment de l'explosion, ajoutai-je.

— Comme je l'ai dit, le seul problème réel est le lieutenant Kazz. Les rebelles sont puissants et se battent de façon surprenante, crois-moi. Même désarmés, ils viendront à bout d'une poignée de gardes royaux sans problème.

Riuth pesa les mots de sa dernière phrase.

— C'est Kazz... Il doit impérativement rester à l'ouest.

— Mais comment ce lieutenant peut-il être invincible?

Riuth fléchit la tête et prononça le mot que je redoutais le plus au monde.

— Il est un démon. Mais pas n'importe lequel... Kazz est unique en son genre.

Le prince soupira longuement avant de nous faire part de sa révélation.

— En plus d'être doté d'une force démesurée, il a la capacité de prédire l'avenir.

— Prédire l'avenir? Mais alors, il doit certainement connaître nos projets.

— Il voit le futur, oui, mais de façon très limitée. Le lieutenant peut entrevoir les trois prochaines secondes de son existence, et ce, à une dizaine de reprises.

— Dix reprises?

— C'est ce que les Akdathes nous ont expliqué, il y a fort longtemps. Regarde. Imagine que tu t'apprêtes à enfoncer ton épée dans le cœur de Kazz. Juste avant ton élan, il commencera immédiatement à avoir des visions, qui défileront dans son esprit à la vitesse de l'éclair. D'abord, le lieutenant voit ton coup, il sent mentalement la lame pénétrer sa chair et, en même temps, il analyse tous tes gestes.

« Ensuite, Kazz revient en arrière de trois secondes, tente de bloquer ton assaut avec sa propre épée. Toutefois, il expose accidentellement son flanc et tu l'embroches avec ta deuxième arme.

« Face à un autre échec, le lieutenant recule encore trois secondes dans le temps. Cette fois, il bloque ton épée avec son avant-bras, puissamment, et tu en échappes ton arme. Il en profite pour te frapper d'estoc droit dans l'estomac. Voyant que le troisième scénario est le meilleur, il choisit celui-là. Trois secondes plus tard, dans la réalité, le lieutenant t'abat exactement de cette façon. »

Je restai perplexe devant ces explications. Les capacités du lieutenant Kazz semblaient effectivement incroyables.

— Il lui est possible d'imaginer environ dix scénarios, conclut Riuth. Alors, si tu réussis à atteindre Kazz une seule fois, c'est exactement comme si tu réussissais à le blesser dix fois successivement. Et le même problème s'applique lorsqu'il attaque. Éviter un seul de ses assauts s'avère aussi impétueux que d'en esquiver dix.

— Je comprends maintenant ton angoisse.

Le prince se tourna de nouveau vers la passerelle. Les soldats ennemis ne se doutaient de rien; leur journée, interminable, se poursuivait dans l'ennui. Riuth me promit que tout allait changer bientôt.

— Prépare-toi, nous passerons bientôt à l'offensive, ajouta-t-il.

* * *

Les joues du dernier écureuil raclaient la terre depuis l'endroit où Hindris lui avait balancé un coup de pied. Arrivée dans le canyon, où Bulgaboom et Smithen préparaient la bombe et ses accessoires, l'Arnallie lâcha la queue de l'animal et leur lança d'une voix triomphante :

— Enfin les voilà! Cinq bestioles bien fraîches!

— Dans le temps! répondit Smithen après avoir minutieusement observé la position du Soleil.

L'Arcaporal s'accroupit devant le rongeur, le saisit

avec deux doigts et lui enfila un petit harnais de cuir dont il venait tout juste d'achever la confection. Après l'avoir soulevé au niveau de ses yeux, il lui susurra :

— Tu vas adorer l'expérience, promesse d'Arcaporal.

Il attacha le rongeur à un court poteau de fer planté dans la terre, où quatre autres écureuils tentaient vainement de se départir de leur attelage étouffant.

— Les p'tites bêtes sont au rendez-vous, Bulgaboom! Ta bombe est prête?

— Bulgaboom!

— Parfait. Va te positionner en haut du flanc gauche et moi, j'vais placer le matériel en bas du barrage.

Hindris se demandait quel rôle il lui restait à jouer dans l'opération.

— Va avec Bulgaboom et surveille le signal avec lui. J'te conseille pas d'rester dans l'canyon. Y va faire humide dans pas longtemps, icitte.

* * *

Riuth observa la position de nos ennemis une dernière fois avant de dégainer son épée luisante.

— Un gardien est descendu sur l'échafaudage. Descends et occupe-toi de lui. Je bloquerai le passage au sommet et, pendant ce temps, tu reconduiras les travailleurs en sûreté dans leurs quartiers.

— Je suis prête, dis-je, armes en main.

Nous entendîmes des pas. Un soldat d'Holbus s'approchait par l'est, de l'autre côté du rocher qui nous camouflait. Comme un prédateur affamé, Riuth laissait son adversaire s'approcher le plus près possible. Lorsqu'une ombre glissa au sommet de la longue pierre, le prince se propulsa dans les airs pour atterrir juste derrière l'ennemi. Il l'empoigna par les épaules et le balança par-dessus la barrière d'acier, jusque dans le fleuve. Le pauvre n'avait même pas été capable de crier, foudroyé par la surprise.

Sans plus attendre, je courus sur la passerelle de béton et me précipitai vers l'échelle de corde.

Deux gardiens venaient de voir leur confrère se faire balancer à l'eau. L'homme encapuchonné ne semblait pas représenter une grande menace contre ces deux soldats en armure. Les lames glissèrent rapidement hors des fourreaux, puis la charge s'ensuivit.

Voyant le duo courir vers lui en brandissant les armes, Riuth ne bougea pas d'un poil. Il plaça son épée devant lui et serra le pommeau ; ses gants de cuir grincèrent. Soudain, une explosion verdâtre souleva sa cape et des flammes pourpres jaillirent de sa peau, ce qui produisit une fumée multicolore emportée par le vent du nord. Des ailes spectrales, aux plumes dégageant une vapeur aux couleurs prismatiques, se matérialisèrent sur son dos puis battirent l'air pour se déployer au maximum.

Ces manifestations de Lumière ne s'avérèrent pas suffisantes pour intimider les deux combattants. Ces derniers croyaient éliminer facilement la menace. Riuth se préparait à les recevoir.

Une fois à portée d'épée, le prince pivota rapidement vers la droite et faucha les jambes des soldats d'un seul et vigoureux coup d'aile. Pendant qu'ils planaient encore dans les airs, Riuth poursuivit son pivot et frappa les deux gardiens avec sa seconde aile, ce qui les propulsa directement en bas du barrage. Leurs cris s'éteignirent lorsqu'ils touchèrent l'eau du fleuve Masaccia.

Des cloches d'alarme retentirent à l'ouest.

* * *

Au milieu de l'échelle, je me laissai tomber en bas pour gagner du temps. Le surveillant tressaillit lorsque mes pieds touchèrent les planches. Je me propulsai alors sur cet adversaire, ne lui laissant pas le temps de réagir. Pendant ma course, je me concentrais déjà sur la beauté de mes mouvements. Les esclaves, aux yeux illuminés, laissaient tomber leurs instruments de travail à tour de rôle tant ils étaient surpris. Je fis trois autres pas, puis m'immobilisai complètement devant le soldat d'Holbus. Ce dernier sembla hypnotisé par la Lumière qui émanait de mon corps. L'énergie affluait le long de mes membres, m'engourdissant les tempes et les oreilles.

Enfin, mon ennemi reçut son dû : un coup de pied si puissant qu'il plana jusqu'au centre de l'échafaudage et glissa de cinq mètres supplémentaires.

L'adversaire écarté, j'en profitai pour m'adresser aux esclaves sur un ton solennel :

— Le prince Riuth et moi sommes ici pour accomplir une mission. Ce barrage sera détruit dans les prochaines minutes. Si vous tenez à la vie, retranchez-vous dans vos campements à droite. Je vous suggère d'agir immédiatement!

Inutile de répéter l'instruction : les esclaves, voyant qu'aucun garde ne les surveillait, se ruèrent aussitôt vers l'échelle et montèrent rapidement jusqu'au sommet de la construction.

* * *

Là-haut, Riuth se dressait seul au centre de la passerelle. Les soldats d'Holbus affluaient de l'ouest et se préparaient à porter un nouvel assaut contre le prince.

— Restez où vous êtes, où vous mourrez, cria-t-il, les ailes déployées en éventail.

On ignora présomptueusement l'avertissement. Trois soldats s'engagèrent dans le couloir, côte à côte, pour en occuper toute la largeur.

Riuth posa à nouveau la pointe de son épée contre le béton. De nouvelles gerbes de flammes s'échappèrent de ses vêtements, cette fois de couleur orange vif marbré de filaments rouges et scintillants. Ses yeux projetaient des éclairs de fureur dans l'air.

Devant ces phénomènes angoissants, les trois soldats hésitèrent, ne sachant comment aborder leur ennemi. L'épée au poing, ils se tenaient à trois mètres du prince et n'osaient plus avancer d'un pas.

La résonance causée par la lame de l'épée blanche sembla absorber tous les autres sons environnants, même celui de l'eau agitée. Pétrifié devant l'allure angélique de Riuth, le garde du centre ne put parer le coup rapide. Il fut aussitôt tranché en deux. Une gifle d'aile propulsa le deuxième combattant dans les profondeurs du fleuve.

Le troisième soldat, impuissant comme s'il se trouvait devant le circuit d'une avalanche, dressa l'épée devant sa poitrine pour bloquer l'attaque imminente. L'épée de Lumière siffla une dernière fois dans l'air, coupant à la fois une moitié d'homme et la moitié de sa lame d'acier.

Pendant ce temps, tout juste derrière le prince, les esclaves se hissaient toujours sur la passerelle et filaient en lieu sûr, à l'est.

* * *

Je restai immobile, attendant que mon ennemi se relève. Derrière moi, il ne restait plus personne. Les esclaves quittaient l'échafaudage et j'allais bientôt donner le signal à Bulgaboom.

Quand le soldat d'Holbus se releva enfin, je constatai que des parties de son armure avaient volé en éclats sous la force de mon coup. De plus, il respirait difficilement et serrait les dents. Le combattant dégaina dès lors une longue épée. Une coulisse de sang s'échappait de sa lèvre inférieure. Ce guerrier portait la rage en son cœur.

Il hurla tout en s'élançant à l'attaque, ramenant sa lame derrière l'épaule et montrant ses biceps contractés au maximum. Je fis une roulade arrière pour éviter l'élan. La pointe de la lame heurta une planche et la brisa en mille morceaux. Un second coup en sens inverse suivit, écorchant mon abdomen. Une coulisse de sang noir coula près de mon nombril ; ce combattant avait une force suffisante pour me faire du mal.

L'accès de folie qui m'aurait alors normalement assailli fut anéanti, grâce à l'aura bienfaisante de Riuth.

* * *

Sur la passerelle, l'ennemi n'osait plus s'approcher du le redoutable prince d'Holbus, gardien du seul passage qui menait vers les esclaves. Les cloches d'alarme retentissaient toujours. Une dizaine de soldats, à l'ouest, attendaient impatiemment l'arrivée de leur maître.

* * *

Mon adversaire rageait, râlait, grognait. J'ignorais que l'on pouvait performer au combat en imitant une bête ignoble. Les ours-épics semblaient doux à côté de ce visage abandonné au courroux.

J'évitai une nouvelle attaque, et la lame vola au-dessus de mon visage pour casser le béton du barrage. D'un geste vif, comme lorsqu'une araignée bondit sur sa proie, j'enfonçai mes deux épées au travers du reître enragé. Mes armes avaient déchiré son haubert.

Une longue lamentation émana de la bouche de mon ennemi. Je vis dès lors que mon combat était loin d'être gagné.

À nouveau, le soudard s'élança pour abattre son arme sur moi. J'évitai le coup en me repliant; la lame brisa une des cordes qui soutenait l'échafaudage. Les planches glissèrent brusquement vers le bas et, avant de perdre l'équilibre, je sautai et agrippai le lien sectionné. D'un vigoureux élan, je revins vers le soldat d'Holbus et lui administrai un coup de pied au visage. Mon adversaire sombra alors dans l'inconscience.

Sans plus attendre, j'attrapai l'échelle de corde et m'y hissai pour aider le prince.

* * *

Riuth se dressait toujours au milieu de la passerelle, intimidant les ennemis avec ses longues ailes déployées en éventail de part et d'autre de son corps. J'arrivai exactement à ce moment et je rejoignis le prince en courant.

— Les esclaves sont en sécurité maintenant!

Les soldats s'écartèrent pour laisser un passage à leur maître d'armes, le lieutenant Kazz. Il avança devant le groupe, exécutant des pas lourds, qui firent trembler la structure du barrage. Ce monstre tenait un espadon – une arme normalement maniée à deux mains – uniquement dans sa main gauche.

En présence de leur chef, les autres guerriers osaient enfin s'avancer.

Riuth s'empressa de m'avertir du danger et me commanda de lancer le signal. J'arrachai alors le tube cartonné de ma ceinture et le pointai vers le ciel. Après avoir tiré sur la corde, une boule de feu colorée décolla en flèche et explosa au-dessus de nous, tel un gigantesque feu d'artifice, digne du Festival de l'Automne.

* * *

Après avoir stratégiquement placé la bombe à la base du barrage, l'Arcaporal Smithen rejoignit Bulgaboom et Hindris, planqués au sommet d'un escalier naturel de roc, qui longeait le canyon.

Concentré au maximum, le petit barbu bornoyait derrière la mire de sa carabine, attendant un ordre pour faire feu. Quant à l'Arnallie, elle fixait méticuleusement le barrage pour y repérer le signal attendu.

Enfin, le feu d'artifice illumina le ciel rougeoyant. Hindris sautillait d'excitation à cette vue.

— Ils sont prêts! Vas-y, fais tout sauter!

— Bulgaboom…

Le doigt du barbu pressa la détente et, se faisant, il tira droit sur la cible qu'il visait.

* * *

Smithen avait déposé un barillet près de la base du barrage. Les cinq écureuils étaient reliés à ce petit baril à l'aide du même nombre de mèches à combustion lente. De plus, chaque rongeur portait, sur son harnais de cuir, une petite fiole bourrée de poudre verdâtre. Les mèches pénétraient les bouchons de liège et se rendaient jusqu'à l'intérieur de ces contenants.

Bien que les écureuils tentèrent désespérément de s'échapper, les mèches solides les retenaient toujours à un mètre du baril, du côté du barrage.

Soudain, une balle de fusil siffla et le contenant de bois explosa, répandant des flammes ardentes, qui pétillaient grâce à des réactions chimiques concoctées par le maître artificier. Cette pétarade énerva aussitôt les écureuils. Ils cherchèrent vainement à s'enfuir en direction de la construction vertigineuse. Les cris des rongeurs se multipliaient à mesure que les pétillements gagnaient de l'intensité. Lorsque la traînée de feu arriva au cerceau de fer où étaient attachées les mèches, ces dernières s'attisèrent et se rompirent simultanément, ce qui libéra enfin les rongeurs.

En se consumant, les mèches émettaient des sifflements stridents, qui excitaient davantage les pauvres écureuils. Quand ces bêtes atteignirent la base du barrage, elles grimpèrent rapidement sur la structure pour tenter d'échapper aux bruits qui les pourchassaient si assidûment.

* * *

— Alégracia, accroche-toi à moi.

— Mais pourquoi?

Kazz approchait avec sa démarche toujours aussi régulière et assurée. Entre les minces fentes de son casque à cornes, j'entrevoyais ses yeux blancs et vitreux.

— Nous allons sauter. Mes ailes me permettront de planer suffisamment pour effectuer un atterrissage convenable.

— Mais… le lieutenant n'ira-t-il pas s'en prendre aux esclaves?

— Ne t'inquiète pas pour eux. C'est moi qu'il veut.

— ...et l'eau?

Sans répondre, Riuth s'approcha de la barrière d'acier et l'enjamba. Il m'invita ensuite à lui tendre les bras. Je glissai alors mes mains dans les siennes.

— Tiens fermement le haut de mon plastron.

J'obéis aussitôt et enlaçai le prince. Ses deux ailes vaporeuses frôlèrent ma peau pour la première fois. Si chaudes, si douces... Mon cœur palpitait à leur contact. Son aura me procurait un tel bien-être!

— Tu es prête?

Je ne pus répondre à la question. Mes yeux brillaient d'exaltation. Je blottis ma tête contre le cou de Riuth. Ma confiance envers le prince était telle que je n'allais pas hésiter une seconde à faire ce grand saut, pourtant si vertigineux, si périlleux...

— Tu es prête?

— Oui, soufflai-je, les larmes aux yeux.

À ma droite, le lieutenant Kazz devina immédiatement notre plan et fit volte-face, sans prononcer le moindre mot. Un de ses subalternes cria aux autres combattants d'emprunter la fourche à l'aide des chevaux.

D'un élan assuré, Riuth plongea dans le vide. Nous chutâmes ensemble, têtes premières. Les pierres du barrage défilaient à une vitesse ahurissante jusqu'à ce que les merveilleuses ailes du prince s'étendissent avec grâce pour nous propulser entre les flancs du canyon. Nous perdions de l'altitude rapidement ; Riuth battait des ailes pour nous ralentir. Malgré ses efforts, le sol se rapprochait trop rapidement.

— Prépare-toi! hurla-t-il péniblement, ayant du mal à contrôler sa respiration.

Le prince donna deux derniers coups d'ailes avant de toucher violemment le sol boueux. Son armure crissa au contact des pierres et, à cause de la secousse, je perdis prise et fus immédiatement propulsée par-devant. Je m'affaissai contre le gravier, mais, heureusement, je ne subis que des lésions mineures. Quant à Riuth, il roula à toute allure sous la force de l'impact en soulevant un nuage sablonneux derrière lui. Il s'immobilisa un peu plus loin.

Après m'être relevée, je constatai qu'il régnait, dans le canyon, un silence mortuaire. Riuth gisait derrière moi ; ses ailes miroitantes avaient déjà disparues. J'accourus vers lui et lui parlai doucement :

— Riuth, tu es blessé?

Il tenta de se lever avec effort. Je le retournai et l'appuyai contre mes genoux pour l'aider à préserver ses forces. Sa peau avait repris une couleur humaine. Même les contractions de douleur sur son visage ne pouvaient altérer son indicible beauté.

La horde de belligérants arrivait au galop. Le peloton de soldats fit halte devant un escarpement de trois mètres – que les bêtes ne pouvaient visiblement pas franchir – avant de descendre des montures. Le lieutenant Kazz bouscula alors ses inférieurs pour se placer à la tête du groupe. Ils se trouvaient alors à une trentaine de pas.

— Le lieutenant s'approche, Riuth! Nous devons déguerpir.

Les longues plaies du prince se refermaient d'elles-mêmes, comme si des doigts invisibles en resserraient les lèvres. Par un effort aussi pénible qu'inattendu, il se releva à nouveau et me dit :

— Où sont tes amis? Pourquoi le barrage est-il toujours intact?

En me retournant vers la construction, je vis un cercle de feu pétiller à la base. J'ignorais de quoi il s'agissait.

— Quelque chose a peut-être mal tourné.

À l'opposé, Kazz effectua un bond lourd et atterrit à notre niveau en faisant trembler la terre. En accomplissant ce saut, avec le poids d'une telle armure, un homme normal se serait cassé les deux jambes. Les autres le suivaient en escaladant la paroi.

— Nous devons nous enfuir immédiatement, dis-je au prince. Sinon il nous faudra affronter le lieutenant Kazz.

* * *

— Mais qu'est-ce qui font? Y vont s'faire engloutir par la vague s'ils restent là!

Smithen s'arrachait presque ce qu'il lui restait de cheveux en voyant ses deux alliés s'attarder au centre du canyon.

— Foutez le camp!

Hindris, les yeux rivés sur la scène, vit clairement l'ennemi s'approcher des deux sauveurs.

— Regardez! Un peloton de soldats va s'en prendre à eux!

— Et c'est le gros buffle qui les mène. Tu l'as dans la mire, Bulgaboom. Règle-lui son compte une fois pour toutes!

— Bulgaboom… chuchota le barbu à cet ordre, avant de presser la gâchette de sa carabine noire.

* * *

Un tir de fusil retentit en écho entre les parois de roc qui nous entouraient. Aussitôt, le lieutenant Kazz tendit obliquement le bras devant lui* ; le projectile heurta l'épais métal de son armure et dévia droit dans l'épaule de Riuth. Le prince poussa un cri de stupéfaction, mais exorcisa aussitôt sa douleur pour rester debout.

* Pour comprendre ce qui s'est réellement passé, rendez-vous à la page 333.

Pendant que je maintenais toujours le prince entre mes bras, Kazz approchait… rapidement!

* * *

Le sifflement des mèches obligeait les écureuils à fuir de plus en plus haut sur la structure de béton. Qu'importe la direction qu'ils prenaient, ce bruit se rapprochait incessamment d'eux. L'un des rongeurs, ayant aperçu une mince fente entre deux pierres mal accolées, décida de se glisser dans l'ombre de cet orifice. Malheureusement pour lui, la mèche embrasée le suivit dans l'ouverture, tel un serpent excité qui pourchasse une proie facile.

Désespérément, les autres écureuils décidèrent également de se faufiler entre les roches qui formaient la structure, avec l'espoir de s'éloigner du bruit strident qui les prenait en chasse.

Peu après, les flammes atteignirent les éprouvettes qu'on avait attachées au dos de chacun des animaux.

* * *

Le son d'une puissante détonation me fit sursauter, puis quatre autres déflagrations s'ensuivirent. Ces bruits étaient si abasourdissants qu'ils me firent perdre l'audition pendant un moment. Je rouvris alors les yeux, et je vis clairement que cinq puissantes explosions venaient d'ébranler le barrage sur toute sa surface. La terre vibrait pendant que la structure de béton s'effondrait sur elle-même, comme si un coup de poing géant l'avait frappée tout à coup. Une colonne d'eau en furie surgit en emportant une partie des débris rocheux et se répandit rapidement vers nous.

— Riuth, il faut partir!

— Reste avec moi; donne-moi encore la preuve de ta confiance. Ne quitte pas mes bras.

En voyant l'immense vague s'amener en avalant tout sur son passage, Kazz resta perplexe. Trois secondes ne lui suffisaient plus ni à nous atteindre, ni à regagner la fourche, où il aurait été en sécurité. Le lieutenant resta debout et se prépara à être happé tout entier. Contrairement à lui, ses hommes accoururent vers la bordure ouest pour se hisser à l'abri de cette force déchaînée.

Le prince me serra contre sa poitrine, et se plaça face à la vague. Le rugissement des flots et les secousses terrestres s'amplifiaient à chaque seconde. Je fermai les yeux, même si cette menace provenait de l'arrière.

— Prépondérance à la Lumière.

Au dernier mot prononcé par le tenant des six, des flamboiements multicolores nous enveloppèrent. Des nuées brouillaient ma vision, mon ouïe, mes appréhensions. Blottie contre le prince, je sentais la Lumière parcourir mon corps extatique.

Les magnifiques ailes se déployèrent alors comme le font les voiles des caraques drakaniennes à l'heure du grand départ. Les plumes éthérées enveloppèrent mon corps et leurs pointes entrecroisées, tels les doigts d'un suppliant, m'enfermèrent dans une douce prison, aux barreaux dispensateurs d'afflux euphoriques.

La vague frappa ; elle fut fendue.

Débris et eaux giclèrent de part et d'autre du triangle formé par les ailes de l'ange. Les flots prenaient la forme des pages bombées d'un livre ouvert. Alors que Kazz fût frappé et emporté avec l'ardeur d'une horde de cent taureaux, nous ne reçûmes que quelques gouttelettes rafraîchissantes. L'eau avait nettoyé le couloir des montagnes de toute trace de soldat ennemi.

L'ardeur du courant diminuait et l'eau du fleuve Masaccia montait, jusqu'à en atteindre nos chevilles. Même si le danger s'éloignait, emporté par le courant, je ne songeais qu'à rester entre les bras réconfortants du prince, enveloppée de sa Lumière.

— Nous avons réussi, Alégracia.

Une larme chaude glissa sur ma joue. Mes pensées se bousculaient devant l'appel d'une émotion oubliée, rejetée. Une émotion vitale, essence de la passion.

Alors, d'un doux murmure, un chant glissa hors des lèvres de l'ange drapé de noir.

L'eau, sève de la vie,
Reluira sous les ponceaux,
Aux berges des montagnes scintillantes,
Sous l'aurore du lendemain.

Les hommes terrassés s'exposeront
À eux le grand jour de l'hélianthe
Et ramèneront des pétales immaculés
Aux fleurs qu'il a fanées.

Étendues sont les racines de l'espoir,
Merveilleux, luira l'arbre le soir,
La volonté du colibri
Est enfin accomplie.

Chapitre IX

Les hommes terrassés s'exposeront

Chaise brisée, éclaboussures de sang. Il en restait seulement deux à éliminer.

Une grande bataille avait commencé dans les appartements des esclaves, où les soldats d'Holbus, prisonniers de la zone est, se retrouvaient à un contre dix devant les rebelles enragés.

Le colosse des travailleurs, un dénommé Harold Schernivale, s'engageait vers l'ennemi, fulminant, avec un fragment de table en guise de bouclier et la patte du même meuble lui servait d'arme contondante.

— Liberté aux porteurs du salut! cria-t-il avant d'abattre son arme improvisée contre le casque d'un autre ennemi.

Bien qu'étourdi, son opposant n'abandonna pas pour autant ; l'épée royale heurta le bouclier de Schernivale. Deux autres assauts furent portés par le rebelle – qui cassa le morceau de bois – et il eut raison de l'avant-dernier serviteur de la couronne.

La cohorte d'hommes libres ne cessa pas de s'agiter pour autant. Dans le coin opposé, un soldat d'Holbus tenait tête, seul, à la horde acharnée qui le cernait. Les sifflements rapides des épées se mêlaient au chahut des combattants.

— Le dernier des oppresseurs, laissez-lui prouver sa valeur!

Les rebelles comprirent ce que Schernivale demandait : un duel pur et simple. Le costaud se pencha et saisit l'arme de sa dernière victime. Il observa l'épée royale qu'on attribuait aux soldats d'Holbus : une arme sobre, dénuée de motifs, à la garde recourbée presque autant qu'un fer à cheval. Il la mania et maudit silencieusement sa lourdeur, sans doute due à un acier de piètre qualité.

Les hommes se dispersèrent autour du dernier résistant de la couronne. En voyant ce dernier, le colosse l'interpella immédiatement.

— Sir Segnar Rackten'Dar! Vous êtes le seul à tenir devant les fervents serviteurs d'Éwinga. Seule une âme comme la vôtre ne se ternit pas devant la crainte de la mort.

Le jeune soldat s'approcha du rebelle et lui montra l'épée forgée par son grand-père, encore immaculée.

— Pourquoi épargner ceux qui demandent votre châtiment? demanda Harold avec une voix forte.

— Je n'éprouve aucun plaisir durable à éliminer rapidement mes adversaires.

— Vous semblez être une bonne épée, sir Segnar Rackten'Dar. Accepterez-vous le défi?

— Bien entendu, j'attendais justement cette offre alléchante.

Le jeune enrôlé détacha soigneusement son armure et laissa l'amas de fer poli tomber sur le plancher. Après avoir poussé la cuirasse d'un coup de pied, il s'avança au centre de la cafétéria, où on avait déjà retiré les meubles brisés.

— Je vois que vous connaissez les règles d'honneur, sir Segnar Rackten'Dar.

— Je connais également les rudiments du combat d'homme à homme.

Sans en dire plus, le jeune soldat fit siffler son épée et la cogna contre celle de Schernivale, elle-même tenue en position défensive. L'arme royale produisit une résonance comparable à celle des cerceaux rouillés des vieux barils de Sabrion, tandis que le métal de la lame sudiste renvoya un éclair digne d'une gemme provenant des mines anciennes de l'Île-Argentée.

Coups après coups, les fils s'entrechoquaient en causant une pluie d'étincelles. Segnar se battait avec audace et célérité, ne laissant jamais s'accomplir la moindre riposte. Dans son jeu de grâce, sa lame semblait danser autour de lui. Il maniait le fer à la façon des grands maîtres.

— Belle manœuvre, sir Segnar Rackten'Dar!

— Vous manquez de cran, Schernivale. Offrez-moi de la résistance!

— Si tel est votre désir, sir.

Le colosse abattit son épée contre le plancher; le jeune l'avait évité de justesse. Harold compléta avec trois attaques obliques, toutes habilement esquivées. Le grand rebelle grimaça dans sa barbe noire.

— La flexibilité semble être un de vos bons atouts, sir.

— En effet.

Un cinquième coup rata la cible également. La lame sudiste croisa la dernière offense. Le heurt des armes résonna alors dans toute la pièce.

— Vous ai-je déjà dit que le combat à l'épée était un art? demanda Rackten'Dar d'un air moqueur.

Le visage de Schernivale montra alors de la perplexité ; il ne saisissait pas la remarque.

À une vitesse digne du lièvre, Segnar pivota et entraîna sa lame dans un mouvement circulaire parfait. Après avoir complété une longue voltige, il abattit adroitement son épée contre celle de son ennemi. Le choc métallique fut si puissant qu'un éclat de feu aveugla tous les spectateurs. Harold s'écrasa contre le mur du fond, après avoir plané au-dessus de la foule sans frôler la moindre tête. Après ce coup dévastateur, la salle fut envahie par une pluie de pétales multicolores, principalement de lilas.

Le jeune soldat se pencha, prit un pétale violet et le retourna lentement dans sa main. En l'approchant de son nez, il huma le parfum sublime et ferma les yeux.

À l'autre extrémité de la pièce, Schernivale se remettait difficilement sur ses pieds. Il observa ensuite le dernier représentant de la couronne, debout au centre du cercle formé par les rebelles. Plus personne n'osait parler ; le soldat laissa tomber le pétale d'entre ses doigts.

— Qui êtes-vous donc, sir Segnar Rackten'Dar?

— Je suis l'épée que tu attendais.

— Une fine lame comme vous mérite la gloire. Comment expliquez-vous votre grade de simple soldat?

— Je ne suis pas né pour diriger les hommes, mais pour marcher à leurs côtés.

Le colosse eut alors une idée. Il laissa tomber l'arme d'Holbus et s'avança vers Segnar pour lui tendre la main.

- Et que diriez-vous de marcher à nos côtés?

Un sourire discret se dessina sur le visage du jeune.

Chapitre X

Premier contact

L'eau coulait toujours à grands flots entre les parois sombres du canyon. Ce courant, pourtant d'une agitation capable d'effrayer n'importe quel marin, semblait calme en comparaison au déluge qui venait de balayer nos ennemis au passage.

À cause de son mal atroce à l'épaule, Riuth ne pouvait se déplacer sans aide. Il grimaçait de douleur, alors que l'élément impétueux le bousculait vivement. En tenant fermement son bras, je le guidai vers un banc rocheux et le hissai hors de cette vague démente.

Lorsque nous fûmes assis sur la terre ferme, j'écartai l'épaulette trouée du prince et constatai l'importance de sa plaie. D'un geste lent de la main gauche, il poussa la mienne.

— Inutile. La plaie s'est refermée et le projectile s'est logé dans mon articulation. Le sang la dissoudra rapidement, mais je ne pourrai me servir de mon bras avant une guérison complète.

Riuth recula sur une pierre pour s'asseoir à l'ombre et me demanda :

— Tu peux me rendre service?

— Bien sûr.

— Mon épée est un diffuseur de Lumière. Dégaine-là et appose la lame où le projectile s'est logé. L'effet de guérison sera accru.

Je me penchai et saisis le manche de son arme. Mes poils se hérissèrent au toucher du métal chaud. Je fis glisser la lame hors de son fourreau et une fois exposé à l'air, l'acier se mit à produire un feu blanchâtre aux reflets multicolores.

— Cette énergie… qu'est-ce que c'est?

— Un spectre de la Lumière retenu dans l'épée. L'air reluit au contact de tant d'énergie.

En tenant la lame à la verticale, je vis les flamboiements s'y décrocher au gré du vent. Je touchai le métal près du tranchant : mon doigt y glissait comme si de l'huile recouvrait l'arme. Je n'osais me risquer à frôler son fil.

— Xilasire, l'épée confiée à l'unique des Xayiris, celui qui défendra les valeurs fondamentales jusqu'au retour des temps de sommeil.

Sept gemmes parfaitement rondes incrustaient la garde : une pour chaque couleur de l'arc-en ciel. Des motifs argentés, sculptés en bas-relief, reliaient chacun des joyaux.

Malgré sa longueur, Xilasire devait être plus légère que mes propres épées.

Pendant ma contemplation, Riuth décrocha une partie de son armure pour exposer son épaule droite. En prenant soin de ne pas érafler sa peau, je déposai l'épée contre sa chair. Le regard du prince refléta un soulagement immédiat.

Lorsqu'il ne prenait pas la forme de l'Ange Arc-en-Ciel, rien ne permettait de prouver la nature angélique de Riuth, ou presque... En plongeant mon regard dans le sien, je remarquai que la teinte de son iris changeait de couleur selon l'angle du Soleil, comme le font les multiples facettes d'un diamant taillé.

— Qui es-tu, en réalité?

Le prince me lança un regard, la tête basse. Il entrouvrit la bouche et murmura :

— Contrairement à ce que tu peux croire, je ne suis rien d'autre qu'un Kajuvâr.

— Impossible... soufflai-je sans comprendre. Je suis bien placée pour savoir ce qu'est un Kajuvâr. Tu dois déjà en savoir beaucoup sur moi, de toute façon.

Le prince pencha la tête et demeura songeur pendant un moment.

— Les Xayiris m'ont informé de ta véritable identité, il y a quatre ans, à l'époque où tu vivais sous la garde de mon frère. Toi et moi sommes bien différents, mais, sur certains points, nous nous ressemblons beaucoup.

— Semblables sur quels points?

— Il y a fort longtemps, quand j'habitais au château d'Holbus, j'étais un Kajuvâr exactement comme toi. Et contrairement aux autres membres de ma race, j'arrivais à contrôler mes pulsions haineuses provoquées par l'affluence des Ténèbres à travers mon corps. Je n'y suis guère parvenu seul, toutefois. Un dénommé Bachior Arioo, originaire du Drakanitt, a eu la gentillesse de m'enseigner la paix intérieure. Je lui dois beaucoup. C'est d'ailleurs grâce à lui que j'ai pu rencontrer maître Éwinga pour la première fois.

— Est-ce Éwinga qui a réussi à te métamorphoser en ange?

— Non, évidemment. Elle m'a toutefois prodigué de précieux conseils. Mon exil du palais a grandement été motivé par ses paroles. Justement, tout ce que je n'arrive pas à comprendre s'est produit durant mes jours de fuite. À l'époque où je me terrais dans la Contrée-Bleue, j'ai connu des nuits tourmentées et je suis tombé gravement malade. Un ami fidèle veillait sur moi, heureusement et, un bon matin, je me suis réveillé et j'ai découvert que mon être avait subit d'importants changements. L'énergie qui circulait dans mon corps n'était plus la même.

— Plus la même? Alors, tu serais un démon alimenté par la Lumière?

— Ton acuité m'impressionne.

À cette révélation, je restai perplexe.

— Mais… c'est impossible!

— Vraiment?

Riuth saisit la lame de Xilasire du bout des doigts et la retira de son épaule. Il bougeait le bras pour vérifier son état ; le prince ne ressentait plus la moindre douleur.

— Je te remercie, dit-il après avoir soigneusement rengainé son arme. Je suis heureux d'avoir croisé ton chemin à nouveau. Après toutes ces années, tu te dresses courageusement contre l'ennemi du Continent-Coloré. Apparemment, tu combats les Ténèbres aussi bien que tes adversaires. Le salut te sourira un jour, comme il l'a fait pour moi.

Il s'apprêta à se relever ; je le retins en agrippant sa manche.

— Où vas-tu?

— Je suis au service des six. J'irai donc là où l'homme diffame leurs valeurs.

— Puis-je y aller avec toi?

— Non, évidemment. Tu dois déjà avoir un chemin à suivre, et celui-là ne peut malheureusement pas coïncider avec le mien. Je voyage toujours seul.

Après s'être relevé, Riuth remit en place son épaulette de métal et secoua ses vêtements encore trempés.

— Je te remercie pour ton aide, toutefois, mais je regrette de déjà devoir partir.

— Nous nous reverrons?

Le prince tourna la tête et me regarda d'un seul œil, à moitié voilé par son capuchon noir.

— Si tu persiste à te dresser aussi bien contre les Ténèbres sur le Continent-Coloré, c'est fort probable. Un jour, c'est inévitable, nous nous reverrons.

Avec une prestesse exceptionnelle, Riuth bondit entre les pierres de la crevasse et se faufila jusqu'au sommet, avant de disparaître complètement.

* * *

Mon cœur battait plus fort dans ma poitrine, j'avais des remous dans l'estomac et ma respiration perdait sa régularité. Riuth venait de s'enfuir… avec une partie de moi-même. Une émotion qui avait ressurgi au cours de la dernière heure. Déjà, des larmes de souffrance causée par sa perte embrouillaient ma vue.

Cette émotion… la promesse du sorcier.

Peu après ma brève période d'agonie, une ombre se posa sur moi. Au même moment, quelqu'un s'écria du haut de la crevasse :

— Hé! Ça va en dessous?

Il s'agissait de Smithen, sans doute inquiet d'avoir vu la première vague du déluge m'engloutir. En fermant les yeux pour me ressaisir, je me relevai et répondis à sa question :

— Je vais bien. Nous avons réussi, Arcaporal!

— On sait tout ça! Grimpe et viens voir par toi-même!

Bulgaboom me lança une corde pour me permettre de les rejoindre plus facilement.

De nouveau exposés au crépuscule rougeoyant des montagnes, nous pûmes contempler l'eau reconquérir ses terres en se frayant un chemin vers chaque territoire des Collines-aux-Aurores-Pourpres. Glissant au fond des tranchées asséchées, les rivières illuminaient la région d'un espoir nouveau, comme du sang magique qui envahit les veines d'une dépouille pour lui rendre la vie.

— C'tu pas beau ça, hein?

— Magnifique…

— Bulgaboom!

Hindris ne savait que prononcer devant ce spectacle. Encore à peine consciente de la nouvelle énergie qui l'alimentait, l'Arnallie ressentait un bien-être sans pareil dans l'accomplissement d'une bonne action. Ses instincts d'ange venaient à peine de se manifester.

Des voix se firent entendre en provenance de l'effondrement. Les esclaves libérés lançaient des canots à l'eau pour regagner la province qu'ils avaient si vaillamment défendue.

— Y'ont p't'être des blessés avec eux, nous dit l'Arcaporal. V'nez, on va aller voir si y'auraient pas besoin d'aide.

Mes trois amis coururent vers les rebelles pour offrir leur aide. Lorsqu'ils arrivèrent parmi le groupe d'hommes, Bulgaboom ouvrit son grand sac et en sortit de nombreux pansements et des désinfectants. Il s'approcha ensuite des blessés et s'occupa minutieusement d'eux.

Hindris proposa au petit barbu d'utiliser une ou deux mèches de sa tignasse pour recoudre les blessures des rebelles. Bulgaboom hésita visiblement avant d'accepter la proposition. Devant l'obstination de l'Arnallie à vouloir se rendre utile, il coupa quelques-uns de ses cheveux, pour ensuite les tresser minutieusement ensemble. Il utilisa ensuite ce fil pour recoudre les plaies.

Peu après, une lumière orangée apparut au milieu du cercle formé par les hommes, et tous s'exclamèrent à l'unisson. Une réaction magique venait de se produire, mais, de ma position, je ne pus admirer le spectacle.

Je préférais demeurer à distance, car je ressentais une présence dans les environs depuis peu. Je gardais les mains près de mes fourreaux pour être prête à réagir devant toute éventualité. Toutefois, après un long moment d'attente et d'observation, je devinai que, encore une fois, mon malaise n'était pas généré par la présence d'un ennemi. Mon corps réagissait à une émanation de Lumière familière et, au moment où je m'en rendis compte, un oiseau roucoula derrière moi.

Je me retournai lentement et là, je le vis, reluisant d'une aura vermillon, perché au bout d'une branche desséchée. La colombe rouge m'observait. L'oiseau-ange énigmatique dont je reconnus alors la vraie nature.

— Un Xayiris…

En entendant ce mot, l'oiseau vola sur une branche plus éloignée et continua à me fixer. Il m'invitait à le suivre.

Oubliant temporairement mes amis et la victoire à célébrer, je décidai de laisser la colombe me guider où bon lui semblait. À mon approche, elle alla se percher sur un arbre à plus basse altitude et m'entraîna progressivement à la base de l'élévation rocheuse.

Je dévalai les rochers à toute allure pour suivre le Xayiris rougeâtre. Il m'arrivait quelquefois de perdre sa trace, mais je pouvais me fier à l'éclat scintillant qu'il projetait entre les branchages secs pour le repérer. L'oiseau me fit courir ainsi pendant un bon moment, tellement que je n'entendais plus le fleuve Masaccia qu'en écho lointain. J'aboutis sur la rive d'un étang nouvellement reconstitué, là où l'oiseau, perché sur un bouleau blanc, fixait toujours son regard sur le mien.

L'itinéraire de la colombe semblait s'arrêter à cet endroit. Elle se remit alors à roucouler, énigmatiquement, comme si elle attendait une action de ma part.

À ce moment, de nombreux souvenirs ressurgirent dans mon esprit. Ces instants impliquaient tous ces oiseaux mystérieux que l'on appelait les Xayiris. J'avais déjà rencontré quatre d'entre eux, soit le colibri orangé, le cardinal vert, l'hirondelle jaune et le hibou bleu. La colombe venait donc en cinquième sur ma liste.

Depuis ce temps, toutefois, j'ignorais complètement pourquoi ces petits anges s'intéressaient tant à moi. Mes premiers soupçons étaient apparus quand le hibou m'avait observée danser devant l'étang de Pur-Dufonio. Ce moment avait été un souffle de bonheur au centre d'une tempête de mélancolie. De plus, grâce à lui, Daneruké avait pu admirer ma danse et me proposer de joindre la troupe. Le Xayiris m'avait aidé de façon très subtile, sans demander de récompense ni de remerciements. Mais pourquoi?

Intriguée, je reformulai une question déjà posée au hibou bleu, quelques années auparavant :

— Répondez-moi! Qu'attendez-vous de moi, Xayiris?

L'oiseau se tut. Il resta passif pendant presque une minute. Je me contentai d'admirer son aura éclatant pendant ce temps. Il diffusait une lumière surnaturelle, incompréhensible, car la colombe ne luisait pas comme l'aurait fait une chandelle ou même mon ancienne lanterne. Je remarquais seulement que tous les objets des alentours se coloraient d'une teinte vermillonne : les branchages, une partie du sol et même certains éclats sur l'eau mouvementée.

Soudain, le Xayiris battit des ailes, prit son envol, et plongea tête première dans l'étang. Mon cœur tressauta à ce moment. Cette immersion ne semblait pas accidentelle, car la colombe n'aurait pas déployé ses ailes ainsi durant sa chute. Je m'inquiétais toutefois pour la pauvre bête. Savait-elle nager ou même respirer sous l'eau?

Je m'approchai de l'étang pour mieux observer, sans toutefois réussir à distinguer l'éclat rougeoyant de l'ange. Je vis seulement une onde grandir sur le liquide opaque, pendant qu'un silence pétrifiant envahissait le boisé.

Soudain, l'eau se mit à remuer, comme si un homme s'y débattait pour échapper à la noyade. Une vague torsadée se souleva et se figea dans l'air. L'agitation de l'onde gagna ensuite de l'ampleur. Une nouvelle masse d'eau rejoignit la spirale et se glaça instantanément à son contact. Des colonnes de liquides suivirent le mouvement et participèrent à l'élaboration d'une masse gelée qui prenait, peu à peu, une apparence humanoïde. Derrière le visage lisse de cet être entièrement démuni de traits, je distinguais la colombe rouge, encastrée dans la glace, les ailes déployées de chaque côté.

Lentement, de longs bras munis de mains à quatre griffes prirent forme. Apparurent ensuite les jambes, des membres trapus mais assez forts pour soulever la créature qui mesurait trois fois la hauteur d'un homme. Sur son dos, d'énormes ailes cristallines se déployèrent tout en diffusant des reflets irisés sur les rochers des alentours.

Lorsque sa métamorphose fut complétée, l'être de glace prit une teinte rougeâtre mais toujours translucide. Une texture semblable aux rayures sur de vieux ongles le recouvrait de la tête aux pieds. Ses angles grossiers lui donnaient des airs de statue sculptée par un artiste qui négligeait les détails. Lorsqu'il s'avança vers la berge, des bruits assourdissants accompagnèrent chacun de ses mouvements.

Complètement fascinée par ce spectacle, je gardai la bouche entrouverte. Mes émotions se mêlaient entre l'émerveillement et la peur. Néanmoins, quand le Xayiris se hissa sur la terre ferme et fut complètement sorti de l'eau, sa grandeur majestueuse me fit aussitôt paniquer. Sa marche faisait vibrer le sol et secouait même la cime des arbres.

S'accroupissant devant moi, le géant me parla d'une voix douce et cristalline que je ne pouvais rattacher à aucun sexe.

— N'aie pas peur, jeune fille.

Bouleversée par cet ange d'une magnificence indescriptible, je commençai à pleurer contre ma volonté. J'ignorais s'il aurait été préférable de fuir en hurlant ou de rester là, immobile comme une idiote, devant cette créature divine.

— Tu n'as pas à me craindre, poursuivit-il pour m'apaiser. Je suis Nao'Zeel, protecteur de l'amour et chef du cercle des Xayiris. Nous voulions t'adresser la parole depuis des années.

— Mais… mais…

J'arrivais mal à contrôler mes émotions. Je pris deux grandes respirations pour tenter de me calmer. Ensuite, je pris le temps d'essuyer les larmes sur mon visage.

— Vous en avez eu l'occasion à maintes reprises dans le passé, continuai-je en bégayant légèrement. Pourquoi avoir attendu si longtemps?

— Autrefois, notre apparence t'aurait fait peur.

— Et vous croyez qu'aujourd'hui, c'est différent?

Je reniflai encore quelques fois, puis mon souffle devint plus régulier. Je fermai les yeux et les rouvris aussitôt. J'avais peine à croire ce que je voyais.

— Tu es unique, Alégracia, poursuit-il d'une voix tout aussi calme. Car oui, je connais ton nom ; ta vraie nature ne m'est d'ailleurs pas étrangère. Malgré ta race, tu ne me rebutes guère. Rares sont les démons qui ont la capacité d'apprivoiser la Lumière comme tu le fais.

— Vous savez vraiment qui je suis?

— Oui. Tu es à la fois humaine et Kajuvâr.

J'aurais apprécié une réponse plus détaillée, mais sans doute n'y avait-il rien d'autre à ajouter.

Voyant mon désarroi, Nao'Zeel continua à parler :

— Nous t'avons rencontrée pour la première fois quand tu étais à l'aube de ton adolescence. Nous savions que Shnar voulait te dresser pour te soumettre à sa cruelle volonté. Heureusement, l'intervention de notre élu t'a permis de t'enfuir loin de son emprise.

Des souvenirs presque oubliés ressurgirent alors dans mon esprit. Je me remémorai l'époque où le prince maléfique nous avait recueillies dans la forêt, et où il nous avait entraînées à sa demeure par obligation. C'est justement à cet endroit que j'avais rencontré les Xayiris pour la première fois. Ces petits oiseaux colorés, qui me surveillaient sans relâche.

— Saviez-vous ce que Shnar me voulait?

— Il désirait utiliser ton jeune esprit pour détecter le Serpent d'Argent dans les profondeurs de la terre. Izmalt a besoin de cette arme pour accomplir la vengeance de son père, qui était le Athore, le Kajuvâr et ancien porteur du Serpent d'Argent. C'est lui qui a été vaincu par Zarakis le Solarius, il y a longtemps de cela.

Mon cœur tressauta à ces paroles. J'abaissai la tête pour réfléchir, mais Nao'Zeel reprit aussitôt la conversation.

— Permets-moi d'abord de te présenter mon ordre. Nous, les Xayiris, sommes les protecteurs sacrés du Continent-Coloré. Habituellement, nous dormons sous la forme de statues de pierre, au sommet de la Montagne des Anges de l'Île-Argentée et, lorsque le monde connaît des temps sombres, nous nous réveillons et élisons un héros qui interviendra en notre nom.

— Vous n'avez pas la capacité d'agir seuls? Sous votre forme de glace, votre taille est suffisante pour impressionner n'importe quelle armée, pourtant.

— Peut-être, mais nous sommes lents et fragiles. Les attaques directes sont d'ailleurs contre notre nature. Nous serions aussi indiscrets qu'inefficaces, et nous soulèverions la colère du peuple. Cela est déjà arrivé, par le passé, et nous préférons ne jamais initier de tels conflits à nouveau.

— C'était il y a longtemps?

— Oui. À l'époque de la Grande Libération, précisément. Nous ne trouvons plus le sommeil depuis cette guerre, d'ailleurs. Peu après cette période, nous avons découvert qu'une menace invisible mettait en péril l'existence même du Continent-Coloré.

Le protecteur de l'amour fit deux pas vers moi, s'agenouilla et posa les bras par terre. Troublée, je détournai le regard et commençai à observer la forêt. Je réalisai néanmoins que ce comportement était stupide et je continuai à écouter le Xayiris rouge.

— J'ai déjà entendu parler de cette menace, mais rien de très précis. Est-ce que, par hasard, cela aurait quelque chose à voir avec les accusations que Riuth portait contre son père? Avec la raison pour laquelle il a été condamné à mort?

— Tout à fait. Mais à la base, elle implique d'abord les énergies primaires : la Lumière et les Ténèbres, forces que tu connais déjà. Elles se disputent la domination de l'univers depuis le début des temps. Environ une fois par siècle, il arrive qu'une des forces primaires entreprenne une stratégie de grande envergure pour conquérir son hégémonie. Nous, les Xayiris, faisions partie d'une de ces stratégies, choisie par la Lumière voilà plus de deux millénaires. Quant à Athore et le Serpent d'Argent, ils ont représenté la dernière tentative connue des Ténèbres pour gagner du terrain. Ce fut un échec sur tous les points.

— Est-ce parce qu'Athore a été vaincu par Zarakis le Solarius, à Pur-Dufonio?

— Pas vraiment. C'est beaucoup plus compliqué que tu ne peux le croire. Tu vois, le Serpent d'Argent était une arme extraordinaire. Il a été conçu dans un but unique : arracher les âmes des hommes et les expédier directement dans les Ténèbres. Athore a été choisi parmi les siens pour le manier. Il l'a d'ailleurs fait d'une façon exemplaire. À cette époque, des milliers d'âmes humaines ont été dérobées par sa volonté. Ce fut des temps difficiles, car le Kajuvâr était à la fois rapide et discret. Nous n'avions aucun moyen pour l'arrêter.

— Zarakis était le seul capable de l'arrêter?

— Pas encore. Avant que le puissant Solarius ne soit intervenu, il y eut un événement que nous n'aurions jamais pu prédire : le Kajuvâr a trahi sa propre race.

Je plissai le front d'hébétude.

— Athore s'est dressé contre les autres Kajuvârs?

— Non. Il a plutôt dérogé à la volonté de son énergie-mère, c'est-à-dire les Ténèbres. Tu vois, en ce qui concerne le Serpent d'Argent, c'est dans ses yeux que réside le pouvoir de capturer les âmes. Quand le démon désirait aspirer l'énergie vitale d'un individu, il pointait le bâton argenté devant lui et une lumière bleuâtre allait enrobait la victime. Cette dernière s'écroulait sur le sol peu après, car la vie l'avait abandonnée.

Mes yeux s'arrondirent en constatant la cruauté dont faisait preuve le démon. La description de Nao'Zeel n'était d'ailleurs pas encore terminée :

— Après un an d'activités malfaisantes, le Kajuvâr voulait accroître sa propre puissance. Par un procédé obscur, il a arraché un œil du Serpent et, de ce fait, il s'est approprié une partie de sa puissance. Ainsi, le Kajuvâr a gagné la possibilité de dérober les âmes des hommes et de les garder pour lui seul, au lieu de les livrer aux Ténèbres comme convenu. Quand Athore s'enrichissait de l'énergie vitale d'un humain, son endurance, sa vitesse et sa rage croissait. Ainsi, il est rapidement devenu l'un des plus puissants démons de tous les temps.

— C'est là que vous vous êtes réveillés pour intervenir?

Le Xayiris apposa alors ses mains sur sa poitrine. Il continua :

— Exactement. Nous, les Xayiris, nous sommes réveillés pour combattre ce démon aux pouvoirs démesurés. Nous avons élu un ange parmi les anges, le seul ayant eu l'audace de défier l'invincible démon Athore : nul autre que Zarakis le Solarius. Maniant comme personne l'arme que nous lui avons confiée, l'Envolée Céleste, Zarakis a vaincu Athore en lui perforant le cœur avec la plume d'azur. Nous croyions la menace du démon éteinte pour toujours.

Là, il leva un de ses doigts dans les airs et prit un ton plus posé :

— À l'époque, nous avons cru que les âmes prisonnières d'Athore avaient été libérées pour regagner la Lumière ou les Ténèbres. Malheureusement, il en était tout autrement. Ces pauvres âmes ont été chassées dans un vortex immatériel, dont les frontières restent infranchissables : le Kefcheth Heina Lenapoo ou, dans votre langue, le Refuge des Âmes Perdues.

— J'ai déjà entendu ce nom quelque part.

— C'est fort probable.

Nao'Zeel entrecroisa ses doigts pour former une boule grossière. Il m'expliqua ensuite :

— Le Kefcheth Heina Lenapoo renferme toutes les âmes volées par Athore ou ses descendants. Car oui, le Kajuvâr a une descendance. Le viol de la princesse Tanöa a provoqué la naissance d'un demi-démon, nul autre qu'Izmalt, l'actuel roi d'Holbus. Malheureusement pour la jeune princesse, elle n'a pas survécu aux brûlures mortelles occasionnées par la naissance d'un être démoniaque.

À la suite de cette affirmation, Nao'Zeel resta silencieux un moment, par respect envers la défunte princesse.

— Avant qu'Izmalt eût été officiellement couronné roi, à l'âge de vingt-cinq ans, nous avons pris soin de cacher le Serpent d'Argent au creux de la carapace de

Mioxaarc, le scarabée ambré, dont le repaire se situe à cent mètres sous la Terre, dans les Bois-Verts. Personne ne s'attendait à ce que l'arme d'Athore ne puisse amplifier ses émanations magiques pour se faire découvrir à nouveau.

Le Xayiris reposa les mains sur le sol, tout en levant la tête vers le ciel azur :

— Izmalt apprenait à maîtriser son état de demi-démon. Il a gouverné le Continent-Coloré avec intelligence et rigueur durant de nombreuses années. Son épouse, dame Mieleïssa a donné naissance à deux enfants : Riuth et Shnar. Comme Tanöa, la pauvre reine n'a pas survécu à l'enfantement.

Nao'Zeel fit une deuxième pause, mais cette fois plus brève que la précédente.

— Izmalt est donc forcément un roi méchant! Il devait savoir que sa femme allait mourir à l'accouchement!

— Attention. Ce n'est pas parce qu'il est un Kajuvâr qu'il connaît absolument tout sur sa race. Il n'a d'ailleurs jamais eu de véritable père pour lui enseigner ce qu'il peut et ne peut pas faire. Tout ce qu'Athore lui a apporté après sa mort, ce sont des tourments.

— Quel genre de tourments?

— Une pression constante, faite par le Kefcheth Heina Lenapoo, il y a déjà longtemps de cela. Nuit et jour, des murmures de vengeance envahissaient l'esprit tourmenté du roi d'Holbus. Le tourbillon bleu, coincé à la frontière des Ténèbres telle une gigantesque verrue, incitait le descendant d'Athore à s'emparer du Serpent d'Argent et à l'utiliser pour déverser toutes les âmes en furie sur le monde des mortels, de la même façon qu'une marrée de lave engloutirait une ville entière.

Je frissonnai à cette pensée. Ce scénario me semblait totalement irréel.

— Izmalt a tenté de résister à l'appel, continua le Xayiris, mais il a échoué et s'est plié à la demande du Refuge des Âmes Perdues. Il a cherché le Serpent d'Argent et a localisé ses émanations magiques dans le site des Bois-Verts. Il savait toutefois que l'arme d'Athore n'était pas intacte à cause de l'œil manquant. Sans ce dernier, l'appel du Kefcheth Heina Lenapoo allait demeurer impossible.

— Mais Athore a été vaincu! Cet œil ne doit plus exister!

— Détrompe-toi. La puissance de l'œil s'est transmise à ses trois descendants. Un tiers à Izmalt, un tiers à Shnar et un dernier tiers à Riuth. Ainsi, en plus du Serpent d'Argent, Izmalt doit réunir ou tuer ses descendants pour accomplir son monstrueux dessein. Par la grâce de la Lumière, Riuth a bien voulu se joindre à nos côtés.

Le Xayiris se redressa avant de parler de façon solennelle :

— Tant et aussi longtemps que le prince d'Holbus restera hors de la portée d'Izmalt, ce dernier ne pourra jamais faire jaillir l'armée de spectres du Refuge des Âmes Perdues. Riuth nous mènera à la victoire.

Depuis le début, j'observais le Xayiris de façon dubitative. D'un côté, je lui étais reconnaissante de bien vouloir partager avec moi ces secrets. Il souhaitait me voir sortir de l'ignorance, oui, mais je me demandais pourquoi il s'intéressait à moi, et à moi seule? Pourquoi me faisait-il confiance, alors que moi, je ne le connaissais pas du tout? Je lui posai donc ces deux questions.

— Je t'ai vue à l'œuvre, Alégracia, et tu m'as beaucoup impressionné, m'expliqua-t-il. Talent et courage sont chez toi des qualités exemplaires. C'est pourquoi j'aimerais que tu te joignes à nous. Ensemble, nous serions plus forts contre la menace qui pèse sur le Continent-Coloré.

— Je dois devenir comme Riuth? Un serviteur des Xayiris?

— Attention, jeune fille. Les autres membres du cercle n'approuvent pas tous mes idées. Certains craignent toujours que la présence d'un démon puisse corrompre l'ordre établi. Il a été difficile de les convaincre pour Riuth. L'opération s'est avérée fructueuse, mais les Xayiris restent toujours méfiants face aux êtres de ta race.

Nao'Zeel resta silencieux un moment, comme s'il hésitait à m'avouer quelque chose.

— Le soleil se couche et le temps me manque encore, me dit-il en approchant son visage du mien. Je devrai partir bientôt. Avant de m'envoler, toutefois, j'aimerais te poser une question.

— Allez-y.

— Tu sembles apprécier la compagnie de Riuth, notre serviteur. Est-ce que, par hasard, tu ressentirais quelque chose pour lui?

— Moi? Non, rien du tout, mentis-je aussitôt, complètement désarmée devant ces question inattendue.

— Tu serais tout de même intéressée par l'idée de le retrouver, n'est-ce pas?

À ce moment, je me sentis rougir. Ou bien Nao'Zeel avait totalement deviné mes désirs les plus secrets, ou bien il avait entendu ma conversation avec le prince, qui avait eu lieu un peu plus tôt.

— Rouge est ton visage, jeune fille. Tu ne saurais me mentir sur ce que tu ressens. Je suis le Xayiris de l'amour et, pour moi, tu es tel un livre ouvert.

Devant son insistance, je m'avouai partiellement vaincue :

— Où se trouve-t-il, alors?

À ce moment, Nao'Zeel baissa la tête et parla à voix plus basse. Intriguée, je me rapprochai pour mieux entendre ce qu'il s'apprêtait à me confier :

— Rends-toi à la cité d'Adyn, dans la Vallée-Rouge. Là, tu pourras prendre un bateau qui se dirigera à Kærine, la capitale du Plateau-Doré. Je ferai en sorte qu'il t'y attende.

Sans me laisser le temps de répondre, le Xayiris recula dans l'étang et, quand le niveau de l'eau atteignit ses genoux, il se mit à fondre très rapidement, pour finalement disparaître. Peu après, la colombe rougeoyante s'envola entre les branches pour atteindre le ciel. Elle me quittait sans même m'avoir dit au revoir.

J'avançai d'un pas et observai le ciel, pour vérifier si la colombe ne me jouait pas un vilain tour. Je ne vis rien du tout. Apparemment, elle était bel et bien partie.

Toute cette affaire me semblait bien louche. Nao'Zeel souhaitait que je retrouve Riuth, cela était évident. Cependant, je me demandais pourquoi il voulait que je le rejoigne d'une manière si indirecte. Je venais tout juste de le rencontrer, après tout. Si le Xayiris souhaitait que je demeure avec le prince, il aurait pu lui suggérer d'accepter ma compagnie, au moins! En plus, il utilisait ma plus grande faiblesse pour me manipuler : c'est-à-dire mes émotions. Cela me frustrait! Il semblait me connaître bien plus que je ne le pensais.

J'avais l'impression que Nao'Zeel voulait me pousser vers Riuth. Je n'avais pas totalement tort. Mais pour quelle raison, au juste?

DEUXIÈME PARTIE

Intermède I

Cruelle décision

Ma très chère M,

Je t'écris, les mains ensanglantées.
Car oui, je l'avoue, j'ai commis une erreur,
J'ai humé le nectar de la fleur.
Ainsi elle, m'a charmé par son odeur.

Son parfum a commandé mon esprit,
M'a subtilisé ma volonté.
La passion l'oblige,
J'ai follement resserré la tige.

Mes mains ensanglantées pleurent,
Et tachent mes yeux, aveuglés par le Soleil.
La grâce ineffable de la fleur,
Retira un désert de mon esprit sans éveil.

Un champ fleuri s'étend devant mon regard ébloui.
Le parfum se fait sentir jusqu'aux limites de notre pays.
Je voudrais y plonger,
Et montrer un sourire façonné...

Par des envies,
Et des rêveries.

Toutefois...
Ces mains blessées me rappellent les effets des bains d'épines,

Sur mon pauvre corps qui s'incline.
C'est pourquoi, en silence,
Je recule et m'assois sur ma pierre,
Et ainsi je partirai vers le désert.

Ô ma belle rose,
Laisse-moi t'avouer quelque chose,
Ce ne sont pas toutes les fleurs,
Qui sont armées des épines de la douleur.

Ayant déjà le bras tendu,
Au-dessus de l'océan multicolore,
Mon amour, je t'ai déjà perdu,
Au profit des boutons qui vont éclore.

Mon cœur se durcit, mon cœur brame.
Il ne vit que sur une mesure sans âme.
Derrière moi s'étend le désert aride.
Il me semble infini, mortel.

Les vents y sont perfides,
La vie y paraît cruelle.

Je deviendrai chair solitaire,
Qui respirera un air délétère,
Et ne sera consolée,
Que par une poignée de gravier.

Et alors les vents tournent,
Ramenant vers moi ses armées endiablées,
Son arme ultime,
Ses parfums sublimes.

Mon regard se voile,
Ma bouche s'entrouvre.

Je fais volte-face devant l'océan miroitant.
Éclos, les boutons nouveaux lancent,
Parmi les vents,
Leur nectar enivrant.

Guidé par les nuées de beauté,
J'enjambe le tremplin pour admirer,
Les succulentes marées.
Puis, je suis bousculé par une agréable pensée.

Sous les racines et les floraisons odorantes,
Les tiges et les feuilles éclatantes.
Je pourrais sauter et vivre cet instant de bonheur,
Pour ensuite me faire dévorer entier par les fleurs.

Ce rêve,
Est rêve,
C'est pourquoi il est impossible.
Cela m'emplit d'un chagrin indicible.

Je pars vers le désert.
Adieux, ma chère.

Chapitre XI

Dans les coulisses d'Adyn

Encore des écrits tirés du petit livre offert par Kakimi, traitant de l'amour d'une façon tout aussi énigmatique que *La Promesse du Sorcier.* J'aimais le style de Dircamlain, la façon dont cet auteur se référait aux fleurs. Selon le vieux marchand, cet homme avait érigé de vastes jardins floraux autour de la ville de Zinentel pour la protéger des démons. Sans doute a-t-il écrit ce poème assis dans les banquises rougeoyantes, près des ruisseaux aux sons apaisants. Cela expliquait sans doute la calligraphie plus stylisée du texte.

Quoique cette vision soit différente de la précédente, j'avais toujours du mal à cerner la véritable nature du mot amour. N'était-ce rien d'autre qu'un sentiment, un émoi intérieur? Pourquoi l'entourer de tant de mystère, de tant de complexité, si le simple fait d'aimer lui attribue sa vraie valeur?

Même Daneruké n'avait pas pu m'expliquer, et j'imaginais mal Smithen me conseiller à ce propos. Seul Bulgaboom pouvait m'éclairer. « Bulgaboom! », aurait-il dit sans une ombre d'hésitation. « Fais tout sauter! ». Si tu accomplis quelque chose, fais-le au maximum. Inutile d'en connaître les causes, les raisons, les conséquences ; élance-toi et fonce ». Voilà la seule réponse possible à ma question. Merci Bulgaboom...

* * *

Les rebelles nous avaient chaleureusement remerciés après la chute du barrage. Chacun se réjouissait de retrouver cette liberté perdue depuis des mois. Toutefois, comme ces hommes ressentaient un besoin urgent de retrouver maître Éwinga et les autres rebelles, les adieux furent rapides. Sans dévoiler leur destination, les résistants descendirent la montagne et longèrent les rivières jusqu'à se perdre derrière les collines de la province pourpre.

Quelques minutes après l'effondrement du barrage, les flots déchaînés regagnaient déjà leur parcours originel. L'eau formait des méandres, qui épousaient merveilleusement bien les nombreuses collines de la région. Un soleil nouveau allait se lever sur cette province, qui entamait tout juste sa renaissance.

Du haut de sa butte, Furon, toujours attaché, attendait impatiemment mon retour. Je défis son lien et la bête se mit à hennir de joie. Elle galopa autour de moi pour se dégourdir les pattes et, une fois la splendide bête calmée, je la montai pour rejoindre les autres.

En ce qui concernait ma rencontre inusuelle avec le Xayiris, je préférai me taire. Je voulais ainsi éviter de trahir Nao'Zeel en dévoilant les secrets qu'il m'avait confiés. Après tout, s'il désirait faire connaître au monde entier l'existence du Refuge des Âmes Perdues, il en aurait eu les moyens depuis longtemps.

Certes, Smithen et Bulgaboom étaient des amis dignes de confiance. Je n'avais rien à craindre quant à la fiabilité de leur discrétion. Toutefois, je doutais fortement que leur champ d'expertise s'étendît jusque dans les sphères de l'immatériel. Partager ce savoir aurait été inutile, et peut-être même dangereux pour ma réputation.

Sur la berge du fleuve Masaccia, Smithen débattait justement avec Hindris sur les conditions du voyage.

— On pourra pas passer la nuit icitte! Imagine si des nouveaux soldats s'pointent! Avoir des idées d'même, c'est aimer courir après l'trouble!

— Vous pourriez au moins me prendre un oreiller en passant, non? Ce serait la moindre des choses. Je vais me raidir le dos à dormir sur des pierres pointues!

— Bon, va pour l'oreiller. Mais j'te jure que c'est la seule chose à laquelle on va s'attarder icitte. Faut lever l'camp.

Le soleil se couchait déjà, mais nous avions encore une longue distance à parcourir pour atteindre un lieu sûr. L'astre disparaissait tranquillement pour laisser place à la nuit. Une dizaine de nuages bouffis reflétait ses dernières lueurs. À l'horizon, le ciel s'embrasait derrière les monts lointains, qui dispersaient un éventail de rayons dorés à travers le ciel. Une scène digne de celles admirées sur les toiles des grands peintres.

Nous nous couchâmes dans les herbes hautes tout juste après minuit. À peine fus-je descendue de Furon que l'épuisement eut raison de moi. Je m'endormis aussitôt, joue contre terre. Par chance, Smithen avait une meilleure endurance que la mienne. Il s'occupa de lier ma monture avant de s'assoupir lui-même contre le tronc d'un vieil érable.

* * *

— Réveillez-vous! C'est l'temps d'partir!

Smithen venait de dérober l'oreiller d'Hindris en vitesse. Il prenait un vilain plaisir à mettre l'ange en furie.

— Hé! cria-t-elle en tombant sur le sol.

— Faut partir. Y'en reste pas trop long à faire pour arriver à Adyn. Si on s'y met, on s'ra dans la ville à midi.

À contrecœur, je me relevai et rassemblai mes effets. Comme toujours, Furon semblait excité à l'idée de reprendre le trajet. Il fléchit les pattes pour me permettre de monter.

— Ah, là j'ai hâte de m'asseoir à un p'tit resto chic pour manger une grosse tranche de lard épicée avec une bonne bière du Plateau-Doré!

— Bulgaboom!

Le barbu reprit son sac de cuir avant de s'enfoncer

dans les herbes humides, qui lui chatouillaient les joues. Quant à Hindris, elle grimpa en s'accrochant sur la queue de mon cheval et se laissa choir derrière moi. L'Arnallie contempla le paysage arrière sans rien prononcer, les mains appuyées derrière la tête.

— Vous croyez qu'à Adyn, ils vendent des vêtements pour les anges de ma taille? Ce n'est pas vraiment que je déteste l'écorce, mais ça commence à me procurer de terribles démangeaisons.

L'Arcaporal lui répondit en souriant :

— J'pense pas, tu serais mieux d'aller à Lira-Carie. Y font du linge pour n'importe qui là-bas, mais ça coûte les yeux d'la tête. Promesse d'Arcaporal.

— Où c'est?

— Dans l'ancienne capitale.

— Comment?

— L'ancienne capitale.

— Hé, essaie d'être plus clair, le vieux! Je ne sais même pas à quoi ressemble la ville où nous nous dirigeons et tu voudrais que je connaisse l'ancienne capitale?

— Kærine du Plateau-Doré, expliqua Smithen à l'Arnallie. Kærine, la première vraie ville construite au Continent-Coloré par les colons drakaniens. Avant l'avènement récente d'Holbus, la couronne s'trouvait dans son grand palais.

— Et pourquoi le pouvoir a-t-il changé d'endroit?

— Pour plusieurs raisons, en fait, et principalement pour favoriser l'économie et solidifier la défense nationale. Les richesses affluaient d'par le Drakanitt et restaient dans la vieille capitale sans se transmettre aux autres provinces. À cause de ça, le Plateau-Doré est devenu l'endroit le plus luxueux du continent. Ça s'voit facilement par l'architecture grandiose des maisons d'la cité.

« Même si on était en paix, les chefs du Continent-Coloré croyaient que si y devait avoir un jour une invasion perpétrée par le Drakanitt, la province sudiste serait trop vulnérable : elle est accessible de tous les côtés par les voies maritimes. Y'ont donc décidé de trancher une partie des Bois-Verts et d'appeler ça Holbus. C'est là qu'ils ont construit le nouveau château, au centre du pays et à l'abri des attaques grâce aux montagnes. »

— Je vois.

— Kærine, c'est une méchante belle place! Ça ressemble pas mal aux villes du Drakanitt. J'sais qu'avant, ils faisaient venir les meilleurs architectes du sud pour construire les nouvelles bâtisses. J'vous l'dis, c'est quelque chose à voir!

— Allons-nous y aller?

— J'pense pas, c'est pas sur notre route.

— C'est quoi, au juste, notre route?

L'Arcaporal s'apprêta à répondre, mais il mâcha ses mots à la dernière minute.

— Notre route, pour l'instant, c'est celle qui mène à la bonne bouffe!

— Bulgaboom!

Je souris. L'idée d'avaler un copieux repas me plaisait également. Toutefois, j'avais encore le précieux conseil de Nao'Zeel en tête : prendre le bateau et me rendre à Kærine. Je craignais seulement que cette aventure m'obligeât à m'éloigner de mes amis. Il s'agissait là d'un sacrifice que j'acceptais, car mon désir de retrouver le prince s'était amplifié depuis la veille. Mon corps avait besoin de son aura purifiante. J'en tremblais d'envie, comme si une vilaine dépendance s'installait graduellement en moi. Je ne pouvais désormais plus diverger de cette voie. Mon cœur en avait déjà souffert, lui aussi, après une simple rencontre.

Je devais le retrouver.

* * *

La fraîcheur d'un printemps éclatant reprenait tout son sens à l'approche du fleuve Masaccia, ligne directrice de la Vallée-Rouge. L'Arcaporal nous ouvrait la voie ;

l'aiguail détrempait ses pantalons jusqu'aux genoux. Derrière nous, les monts du Voile bleuissaient sous l'épaisse humidité. La température atteignait un seuil merveilleusement confortable, bien qu'elle nous fit suer vers midi. Une demi-douzaine d'érables offrirent une ombre idéale pour nous reposer. Nous y grignotâmes nos dernières réserves de nourriture.

Un vent chaud agita les feuilles écloses depuis peu, faisant danser sur nous un moiré de lumières chatoyantes. L'odeur de la terre humide, de la poudre d'écorce et d'un parfum lointain me fit sombrer dans une rêverie, une extase qui fit frétiller mes paupières. Je pris une profonde inspiration en m'étendant sur l'herbe, le regard plongé sur les pousses d'une centaine de trèfles.

La nature détenait l'autre clé de cette prison, celle retenant mes passions enchaînées et bâillonnées. Recouvert de verdure, mon corps se goinfrait de sa Lumière. Daneruké m'aurait certainement châtiée en me voyant agir ainsi. Même s'il croyait en la puissance de la Lumière pour neutraliser le démon en moi, il m'interdisait toute forme d'abandon. Cette pratique ouvrait toute grande la porte et laissait la force me traverser librement, sans muraille ni barrière. « La clé est le contrôle, disait-il. L'abandon signifie perte de contrôle et, même si ce contrôle est laissé entre de bonnes mains, comme celles s'opposant naturellement aux Ténèbres, nous perdons les rennes. Jamais ta poigne ne doit s'en séparer, Alégracia. Les émotions te feront lâcher prise. Elles sont désormais tes nouvelles ennemies à combattre. »

— Enrayer mes émotions, alors telle est ta volonté, Daneruké? Comment cela sera-t-il possible?

— L'idée est d'accomplir l'exploit sans demander ni pourquoi ni comment. Les sentiments obéissent aux mêmes lois des deux énergies primaires du monde. Quand l'une est proéminente, elle peut engendrer d'importants déséquilibres dans ton esprit. T'abandonner à l'amour et aux passions te place sur une bascule imprévisible, potentiellement capable d'ouvrir un passage à la haine. Cette dernière doit rester en dehors, elle ne doit jamais t'atteindre.

— Je ne pourrai jamais survivre en refusant mon bien le plus précieux.

— Par nature, ce sentiment devrait agir sur toi comme une toxine dans les veines. Tu cultives l'impossible, Alégracia. Nous ne pouvons nous permettre ce risque, crois-moi. La discipline est le seul remède…

Cependant j'avais pris ma décision. Il en serait autrement. La nature et l'amour allaient me procurer cette guérison tant recherchée.

Je fis glisser une fleur blanche entre mes doigts et en caressai les pétales. Le vent souffla dans mes cheveux rosacés et déposa quelques mèches sur mon visage. La vue ainsi embrouillée, je crus revoir une fillette de douze ans. Toute petite, souriante, assise dans ses jardins, insouciante, sans ambition, sereine et seule… tellement seule, mais heureuse grâce à l'innocence, à l'ignorance.

Mon armure me parut soudain horriblement lourde. Je constatai avec étonnement que j'avais utilisé les épées accrochées à ma taille pour blesser un homme, de mes propres mains, par ma volonté. Moi, une démone Kajuvâr.

Adieu innocence, adieu ignorance.

La discipline de Daneruké voilait ma perception. J'avais combattu un homme consciemment, sans réfléchir, sans crainte, sans dérangement. Cet affrontement avait servi une cause noble et juste. Il reste que j'avais vaincu le mal par la violence.

Le résultat en valait-il le coup?

« N'as-tu jamais cru en moi, Dan? Cette barrière, cette prison, ces chaînes n'existent plus. Je suis libre maintenant. »

* * *

Les rafales provoquées par les eaux du long fleuve n'avait pas cessé dans la vallée. Elles devinrent plus calmes en bas, près des boisés qui jalonnaient l'énorme cours d'eau. Selon l'Arcaporal, Adyn ne se trouvait plus qu'à deux heures de route. Cette révélation souleva une inquiétude en moi. Je demandai à Smithen :

— Si des gens vagabondent par ici, ils nous reconnaîtront, non?

— Nah! Y'a personne qui passe icitte. Pas d'intérêt pour aller aux Collines, pas de pont sur le fleuve, donc pas d'affaire dans l'coin. De toute façon, on devrait arriver à Adyn en même temps que ces andouilles d'Holbus. La population d'la ville sait sans doute pas encore ce qui s'est passé hier.

— Admettons le contraire, que ferons-nous?

— On va s'arranger.

À peine une demi-heure plus tard, nous commençâmes à entendre une série de battements de tambours grâce aux réverbérations causées par les montagnes. Ce rythme de triolets, encore très lointain, semblait être produit par des timbales ou un autre instrument à percussion grave. Plus nous avancions, plus le tambourinage devenait distinct.

Smithen semblait curieux à propos de cette musique. Je le devinai en voyant les rides se multiplier sur son front. Il escalada une colline pour mieux entendre et je le suivis non loin derrière.

Quand nous arrivâmes en haut de l'élévation, nous reconnumes le son des instruments militaires, qui venait s'ajouter à une cadence entraînante.

— Hé! On dirait une fanfare! Pas mal grosse à part ça!

— Allons voir, s'empressa de dire Hindris.

La vaste cité d'Adyn se dévoilait petit à petit derrière les érables qui jalonnaient les berges. Autrefois, en chevauchant avec Daneruké, j'avais aperçu la ville du haut des Montagnes d'ombre. Cette cité m'avait alors semblée égarée, et ses maisons rassemblées comme si elles venaient de dégringoler les montagnes. Une ville-objet, une partie d'un décor inexploré et immobile. Mais aujourd'hui, cette perception changea. Je pus y entendre sa musique véhémente, y admirer ses rues effervescentes et ses villageois émerveillés par une glorieuses parade militaire.

— Adyn… grogna l'Arcaporal.

— Qu'y a-t-il?

— Ça, c'est du Adyn tout craché. Y viennent d'encaisser une bonne défaite et, pour sauver la face, ils organisent une fanfare. Paraît qu'ils ont fait ça souvent dans l'temps d'une vieille guerre contre la Contrée-Bleue. Pour eux-autres, c'qui compte, c'est l'image que l'armée projette sur son peuple.

— Alors ils savent tout?

— Probablement. Faudra s'glisser en douce dans la ville et prendre une p'tite bouffe sans s'faire remarquer. On devra être vigilants. Bulgaboom, Hindris pis moi, ils nous ont pas vus mais toi, tu devras faire attention. Commence par enlever tes morceaux d'armure, ça pourrait paraître louche.

* * *

Je dissimulai soigneusement mes armes sous les sacoches de Furon. En suivant mes compagnons vers la métropole de la Vallée-Rouge, je craignais de me faire reconnaître par ceux qui avaient survécu à l'effondrement du barrage. J'interprétais déjà chacun des regards que l'on m'offrait comme des reproches ou des accusations. Néanmoins, cela s'avérait quasi-impossible : là-bas, personne ne m'avait vue d'aussi près. D'autant plus que Riuth attirait déjà toute l'attention sur la passerelle...

Les clameurs de la foule s'élevaient au-dessus de la ville d'Adyn. La fanfare reprenait une nouvelle mélodie militaire. Une centaine de femmes vêtues d'uniformes de guerre rouges parcouraient la rue principale. Leur habillement se composait d'un cerceau métallique autour de la tête et d'un plastron drapé de tissus cramoisis. Les premières de la file marchaient d'un pas rythmé, tandis que celles du milieu jouaient sur des instruments habituels pour ce genre d'événement : caisses claires, trompettes, timbales, xylophones et cymbales. Finalement, les dernières du groupe chantaient en chœur les premiers vers de leur glorieuse hymne :

Par le bras de Mirambaire,
Revêtons les hauberts,
Et que les glaives s'élèvent,
Si le rival se lève.

Tout le long de la rue, les spectateurs acclamaient haut et fort les soldats de la métropole. Certains des hommes y reconnaissaient leur compagne de cœur et envoyaient des baisers accompagnés d'une salutation enjouée. Plus loin, un cercle de parents se formait autour de cinq jeunes enfants, qui dansaient sur les airs glorieux. Cette assistance devait s'élever à plus de trois mille personnes, dispersées à travers la cité. Une foule indigne comparativement au Festival de l'Automne, mais importante pour un événement de cette nature.

Nous nous étions faufilés derrière les maisons entassées. L'Arcaporal décida alors de s'approcher derrière les spectateurs pour mieux examiner la fanfare.

— On arrive presque au tout début. Y commencent toujours les parades avec les femmes, les protectrices de la métropole. Après ce s'ra au tour des hommes à envahir les rues d'la cité. Ceux qui ont attaqué les Collines-aux-Aurores-Pourpres.

Sans la moindre réflexion, Smithen tira la manche d'une spectatrice et lui demanda :

— C'est en quel honneur, la parade d'aujourd'hui?

— Comment? cria-t-elle.

L'Arcaporal répéta la question en allongeant chaque mot. Elle répondit enfin :

— C'est pour le retour de l'armée.

— Ont-ils glissé un mot à propos du barrage?

— Du barrage? Non, pas à ma connaissance.

Smithen fut à moitié rassuré par cette réponse. Il jugeait normal que les dirigeants de la Vallée-Rouge aient choisi de taire cette affaire, pour le moment. De toute façon, selon lui, les habitants de la Vallée-Rouge montraient une naïveté dégoûtante et n'avaient pas vraiment besoin d'être informés.

— Ça, c'est du Adyn tout craché, grommela-t-il encore.

Sur la rue principale, les acclamations se multiplièrent. À leur tour, les hommes de l'armée se joignirent à la fanfare. Ce fut au tour des femmes de saluer et d'acclamer leurs hommes vêtus de tenues ajustées, moulant bien les pectoraux et le fessier. Les chants grandioses reprenaient sur une tonalité masculine, accompagnée d'une musique plus robuste.

De grandes voiles devinrent visibles par-dessus les faîtes des maisons, à l'ouest. Il s'agissait des grands cacatois des navires de guerre appartenant à la Vallée-Rouge. Ces bateaux arrivaient par le nord. En bon marinier, Smithen ne manqua pas de remarquer la présence de cette force navale, ces bijoux technologiques.

— Des caraques drakaniennes? C'est la première fois qu'j'en vois ailleurs qu'à Roc-du-Cap, ça j'vous l'jure! J'pensais pas que l'armée d'icitte avait tant d'argent à dépenser en défense!

Lorsque les resplendissants et majestueux bateaux arrivèrent au port, ils devinrent visibles à tous les fêtards. Le soleil vermillon fit reluire les voiles, tellement qu'elles semblaient brûler à vives flammes. À bord, les marins levèrent leur chapeau à la foule, qui devenait complètement débridée. Personne n'avait jamais pu admirer des vaisseaux si magnifiques d'aussi près.

Issus du septentrion,
Poussés par la bise à qui nous sourions,
Ils reviennent ici, à leur patrie.
Oui, le conflit est désormais fini,
Hommes meurtris, pansés et fiers,
Messieurs, mesdames, levez vos verres.

Les trompettes recommencèrent à jouer un air entraînant. On lançait partout des poignées de confettis multicolores. Sur le quai du port, une troupe de danseurs commença une gigue amusante. Les marins levèrent la main à leurs admirateurs. Le public répondit avec sourires et exclamations, les yeux béats et les chapeaux en l'air.

À bord du navire, les matelots saluèrent à nouveau le peuple d'Adyn, pour faire durer les vivats bien entamés. Peu après, un soldat en uniforme rouge se joignit à eux. Ce dernier, par l'apparence soignée de ses habillements, semblait avoir un grade supérieur. Il leva d'abord la main vers la foule et se tourna ensuite pour faire un nouveau signal de la main. Aussitôt, les militaires à bord se bouchèrent les oreilles. Avant même d'avoir eu le temps de m'interroger sur ces gestes insolites, le vaisseau cracha cinq lignes de fumées grisâtres dans les airs. Une terrible détonation secoua alors toute la ville. Le bateau vacilla comme si une vague énorme venait de frapper la coque. Il s'agissait de coups de canons!

— Bulgaboom! hurla le petit bonhomme, sursautant comme si un fantôme se manifestait devant lui.

— Quoi! cracha l'Arcaporal en s'arrachant presque une poignée de cheveux.

Après une deuxième vague de tirs démonstratifs, les spectateurs ahuris en redemandaient encore. Hommes et femmes applaudirent vivement les soldats. Ces derniers voulaient prouver une fois de plus que rien ne pouvait arrêter les braves combattants de la Vallée-Rouge.

Fortement agité par cette exhibition, Bulgaboom fouilla dans son sac pour en sortir une longue-vue rétractable en cuivre. Après avoir porté l'instrument à son œil, il focalisa minutieusement la lentille et pointa vers le navire, qui retournait déjà vers son port d'origine, la Cité-Rouge.

— Bulgaboom... maugréa-t-il.

— Quoi! rogna Smithen en fronçant les sourcils. T'es pas sérieux j'espère!

— Bulgaboom... grrr...

Le petit bonhomme passa la lunette à son grand ami pour qu'il constatât la gravité de cette découverte. Après avoir grimacé pendant une minute derrière l'oculaire, l'Arcaporal replia l'instrument d'approche et le redonna au barbu inquiet.

— T'as raison. T'as ben raison.

— Qu'y a-t-il? lui demandai-je sans comprendre.

Contrairement à l'habitude, l'Arcaporal Smithen se tenait le dos bien droit et tendu. Tourné vers la mer, son regard ne pouvait plus se détourner du navire de guerre. Il était trop concentré : ma question ne parvint jamais à son oreille.

— Allons, pourquoi êtes-vous tracassés, tous les deux?

— Ça te surprend pas, toi, de voir des armes de même s'retrouver icitte?

— L'armée ne possède-t-elle pas cette artillerie depuis toujours?

— Nah! Jamais on a vu de poudre à canon au Continent-Coloré. Dans le temps de la guerre contre les contrebandiers, Docène avait tenté de contrôler toutes les productions du Drakanitt. Le roi en réservait l'usage exclusif pour la force de Roc-du-Cap. Si on voyait un baril de poudre sortir d'la ville, de longues années de prison attendaient le criminel en cause, ça, c'est certain! J'imagine pas qu'on ait pu en exporter

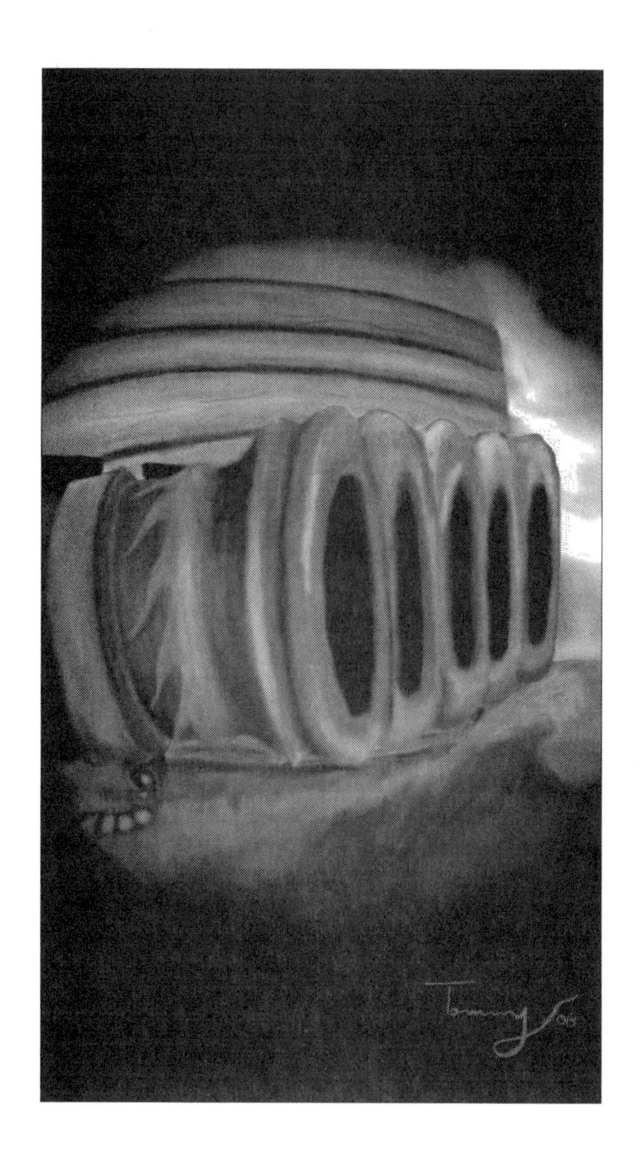

icitte… De toute façon, après notre guerre menée contre le gang de Déraniro – qui a aussi tenté de prendre le contrôle d'la poudre – les réserves se sont épuisées et on a arrêté de produire des fusils.

— Mais comment ces armes se sont-elle retrouvées ici?

— Bulgaboom pis moi, on a notre petite idée. J'ai observé les canons assez bien, pis j'connais bien le style des forgerons de Déraniro.

— Vous voulez dire que ce bandit serait derrière tout cela?

— Ça s'pourrait bien. On trouvait les ingrédients pour faire de la poudre à canon seulement au Drakanitt. Si Docène avait mis la main sur de nouvelles réserves, il les aurait gardées pour lui, ça vous pouvez m'croire. Et Déraniro, on n'a jamais réussi à l'attraper après la guerre. D'après nous, y continuait ses activités en secret. Mais après cinq années tranquilles, le roi a arrêté de s'inquiéter.

— Est-il sur le Continent-Coloré?

— Ça s'peut fort bien, en supposant qu'il ait mis la main sur de nouveaux barils de poudre. Il aurait jamais pu les vendre au Drakanitt sans que Docène le sache. Tout le monde veut sa mort, en bas. Il aurait pas fait vieux os, promesse d'Arcaporal. La meilleure solution aurait été d'embarquer sa marchandise sur les bateaux et d'profiter des récentes hostilités pour vendre sa merde à l'armée locale. En plus, le Coular arrête pas de prendre d'la valeur dans l'sud depuis quelque temps.

— C'est tout de même étonnant. L'armée dévoile ses armes au grand jour, à l'heure même où on annonce la fin des affrontements.

— Terminés? Jamais d'la vie! Z'avez bien vu l'humeur des rebelles lorsqu'ils repartaient vers les Collines? Ils avaient pas des faces de vaincus, ça vous pouvez m'croire.

Je m'arrêtai pour réfléchir un instant.

— Vous devez avoir raison, Arcaporal. De la façon dont semble s'armer la Vallée-Rouge, quelque chose doit se préparer en coulisses.

— Et on sait tous que ces armes-là, ça doit pas être gratis. Souviens-toi z'en!

Smithen arrêta son discours pour se gratter sous le menton.

— Mais ce qui m'tracasse le plus, c'est de savoir comment Déraniro – si c'est lui – a bien pu faire. Il a passé toute la marchandise sur les bateaux sans qu'on découvre quoi que ce soit.

— Il s'est peut-être acheté un vaisseau?

— Acheter? Comme j'te dis, tout le monde veut l'voir mort là-bas. J'imagine pas qu'il ait pu s'acheter un navire capable de traverser l'Océan-d'Écaille-de-Jade.

— Il a peut-être mutilé l'équipage d'un bateau pour se l'approprier?

— Ah! savez, les possibilités sont infinies. Personne sait c'qui s'cache derrière l'esprit tordu d'un félon d'la sorte.

Pendant que Smithen réfléchissait, Bulgaboom se retira furtivement à l'ombre d'un balcon, s'assit sur la terre sèche et dégaina sa carabine noire pour en inspecter l'état. À l'aide d'une brosse en fer, il racla l'intérieur du canon pour y déloger la suie accumulée. Lorsque le petit bonhomme souffla sur l'écouvillon, il fit voler un petit nuage de cendres droit dans le visage d'Hindris. Selon lui, elle observait la tâche d'un peu trop près.

— Keuf! Keuf! Attention, toi!

En entendant l'Arnallie se plaindre, Smithen se retourna pour expliquer le comportement de son compagnon.

— J'te conseille pas de déranger Bulgaboom pendant l'entretien de son artillerie.

— Bulgaboom…

— Bien parlé. Faut s'tenir prêts. Si jamais on croise un contrebandier ou cet enfoiré de Déraniro, faut pas qu'nos bonnes armes nous laissent tomber.

— Il se tient près d'ici? demandai-je en jetant un coup d'œil dans la ruelle étroite.

— Y doit pas être ben loin, promesse d'Arcaporal. Pis plus j'y pense, plus j'me dis que c'est moi qui devrais le trouver et non le contraire.

— Que voulez-vous dire?

— Bulgaboom pis moi, on va mener notre p'tite enquête. On a un vieux travail à terminer, pis c'est l'moment ou jamais de s'en occuper. Ça te tentes-tu d'nous donner un coup d'main?

Smithen me proposait une offre plutôt alléchante. Je m'étais toutefois promis de ne pas diverger de ma voie et je dus refuser poliment l'offre.

— Je suis désolée, je dois retrouver quelqu'un...

— Yé tu pas mal loin?

Ne voulant pas trop piquer la curiosité de l'Arcaporal, je choisis de répondre vaguement à la question.

— J'ai moi-même une petite enquête à mener à ce sujet.

Smithen proposa d'aller manger un copieux repas dans un restaurant discret. Là, j'entendis l'ex-militaire commander la plus grosse tranche de lard capable d'être offerte par la maison. « Avec d'la p'tite sauce orangée! », ajouta-il joyeusement, la bave aux lèvres.

* * *

Même après avoir dévoré un mets digne des plus friands carnassiers, Smithen ne semblait pas vouloir prendre du repos. L'idée de la présence éventuelle de Déraniro et du retour des armes à feu le tracassait. Bulgaboom avait également l'air perturbé. Comme un chien de garde, il sursautait au moindre bruit.

— J'crois qu'on est mieux de s'rendre à Atorstatte au plus vite. C't'une bonne place pour commencer, c'est là que la plupart des navires de marchandise accostent. J'pourrais pas croire qu'il enverrait des canons lourds dans la Vallée-Rouge autrement que par un port aussi mal surveillé que celui-là.

— Qu'allez-vous y faire?

— On va consulter les registres. Bulgaboom pis moi, on connaît pas mal de monde qui travaille dans les ports d'Atorstatte. On a des bons contacts là-bas. Si des livraisons anormales ont passé sur les quais, on va le savoir. Et toi? Tu dois-tu te rendre ben loin?

— Je dois me rendre à Kærine, par bateau si possible.

En entendant cela, l'Arcaporal fourra sa main dans la bourse accrochée à sa ceinture et prit une poignée de monnaie.

— Tiens, prend d'l'Orangearre et un peu d'Rougearre. J'pense pas qu't'en aies assez pour te payer une croisière su'l'fleuve. Et comme les bateau passent déjà plus à cette heure, je t'ai donné un p'tit extra pour te payer une chambre à l'hôtel.

La générosité de l'Arcaporal me surprit encore une fois. Malgré tout, il visait juste ; je n'avais effectivement pas la moindre ressource. Ces pièces furent les bienvenues.

— Hindris ira avec vous?

— Ouais! Sa p'tite taille va s'avérer utile si jamais on a besoin de filer des truands. Et elle va p't'être réussir à voler un jour, qui sait?

Pendant que nous parlions d'elle, l'Arnallie se tenait debout devant la fenêtre du restaurant et observait les allées et venues des habitants d'Adyn. Lentement, elle glissait ses doigts sur la vitre embuée et y traçait des linéaments enchevêtrés. Sur son visage mystérieusement épris par cet art abstrait, je voyais presque une artiste en train de peindre amoureusement ses toiles.

— Aura-t-on la chance de se revoir bientôt?

— Ça, t'as pas à t'en faire! Y risque de s'passer pas mal d'action d'ici quelque temps. Si jamais t'entends une explosion dans les environs, on devrait pas être ben loin. Ha ha!

Avant de sortir du bâtiment, je serrai chaleureusement la main de Smithen. Je le remerciai pour son aide précieuse et en fit tout autant pour Bulgaboom. Je me permis même de l'embrasser sur son gros nez pour le faire rougir.

Tout de suite après qu'Hindris les eût rejoints, Smithen me salua une dernière fois avant de partir pour sa prochaine aventure.

— Bonne chance, ma p'tite dame!

— Bonne chance à vous aussi, Arcaporal!

* * *

Lorsque la porte se referma, je me rendis compte que je m'apprêtais à vivre également une nouvelle aventure : celle de la société. Je me retrouvais seule parmi tous ces gens pour la première fois, sans la moindre supervision. Les anciens conseils de Daneruké allaient devenir mes seules armes pour survivre dans cette cité, où trop de gens se côtoyaient.

Dans le restaurant, l'atmosphère devint vite étouffante. Le propriétaire me regardait d'un air rogue en voyant que je ne libérais pas la place pour d'autres clients. Je sortis donc et allai quérir Furon. Tout en le détachant du poteau, je commençai à lui parler.

— Comme me l'a dit l'Arcaporal, il faudrait nous trouver une chambre d'hôtel pour passer la nuit au chaud.

Le cheval noir souffla par ses nasaux et hocha la tête.

— Non, nous ne partirons pas tout de suite. Smithen me l'a expliqué au souper : les bateaux quittent le port seulement le matin et l'après-midi. Nous devons attendre à demain.

Furon resta immobile ; il ne semblait pas vouloir se laisser mener par les rênes comme à l'habitude.

— Ne t'en fais pas. Tu sais, Dan m'a expliqué que les grands hôtels mettent toujours une écurie propre et chaude à la disposition des voyageurs. Tu y seras dorloté comme jamais.

Mon cheval se laissa guider à contrecour. Au centre-ville d'Adyn, recouvert par le voile sombre de la nuit, des lampadaires métalliques illuminaient la rue encore bondée. Un employé de la cité, vêtu d'une redingote cramoisie typique de la région, allumait les chandelles cachées entre les verres diffuseurs avec une tige de bois. Près de lui, un jeune couple s'embrassait passionnément en se moquant des regards. Ils restèrent enlacés pendant de longues minutes. Je les examinai longuement d'un air morose.

* * *

Arrivée au cœur même de la cité, je marchai vers un vertigineux édifice construit en pierres taillées. Les fenêtres du rez-de-chaussée reluisaient par l'éclat intérieur, lui-même parfois bloqué par de nombreuses silhouettes humaines. Le brouhaha d'une foule y résonnait et les tambours d'un orchestre se faisaient entendre de loin. Une enseigne ovale vacillait au-dessus de la porte d'entrée. En gravure, on y lisait : « Hôtel des Potiniers ».

Comme je le lui avais promis, je confiai Furon aux palefreniers de l'établissement en échange de quelques pièces d'Orangearre. On assigna une place à mon cheval dans l'écurie. Je décidai ensuite de m'aventurer seule dans l'antre d'une des plus grandes auberges de la ville d'Adyn.

Quand je poussai la porte d'entrée, je sentis l'odeur âpre des cigares et du tabac à pipe qu'on y consommait outrageusement. Franchir le seuil me donna l'impression de changer d'univers, de dimension. L'air y était si étouffant que je ne pus m'empêcher de tousser.

Des rideaux orangés recouvraient les châssis métalliques de l'avant. Je dis orangés, mais ils auraient pu être rouges ou blancs. L'éclairage procuré par les brûleurs sur piédestal déployait à l'intérieur de l'auberge des teintes ignées. Même après avoir traversé les arbustes en pots qui délimitaient la fin du hall, je constatai que mes yeux ne s'y faisaient guère.

D'une démarche hésitante, je m'approchai du bar semi-circulaire qui séparait deux salles de spectacle.

Des fêtards s'y rendaient, achetaient des boissons, pour ensuite retourner à leur place près des aires de représentation.

Une douzaine d'individus semblaient avoir pris territoire sur les tabourets qui entouraient le comptoir. De l'autre côté, près des nombreuses bouteilles colorées, un homme maigrichon et deux femmes légèrement vêtues s'échinaient pour servir tous les clients assoiffés. Avec la musique provenant de la salle de gauche, on n'entendait plus le tintement du Coular.

Après m'être accoudée contre la bordure du bar, je vis une des deux femmes s'approcher pour me servir. Elle portait tellement de maquillage que j'avais de la difficulté à m'imaginer l'apparence de son visage au naturel.

— Je voudrais une chambre pour la nuit, s'il vous plaît.

— Pardon?

— Une chambre, répétais-je en illustrant le chiffre avec l'index.

Elle me demanda treize Orangearres, et je lui tendis les pièces. Après les avoir minutieusement comptées, elle me donna une clé étiquetée du chiffre quarante-quatre.

— C'est au quatrième étage. Qu'allez-vous prendre à boire?

Pendant qu'elle s'adressait à moi, mon voisin de banc, un vieil homme à la peau excessivement ridée, commença à m'examiner de la tête aux pieds avec un regard fort dérangeant. J'essayai d'ignorer sa présence et me contentai de répondre à la serveuse :

— Rien, merci.

— Les consommations sont obligatoires.

— Vraiment? Même si j'ai pris une chambre?

— Oui. L'hôtel est une chose, mais nous devons aussi payer nos musiciens.

— Euh... qu'avez-vous à m'offrir?

— En plus des bières régulières de Sabrion, l'hôtel vous offre l'Ash au coût de cinq Rougearres. Nous servons également des boissons spéciales – spécialités de la maison – pour la même somme, soit la Rivière d'Antan, les Déserts et de l'Abeille Flavescente. Il ne faut pas oublier non plus les recettes courantes du Plateau-Doré et même les boissons plus fortes originaires de la Contrée-Bleue.

J'avais effectivement très soif. J'allongeai six Rougearres sur le comptoir et demandai un verre d'Abeille Flavescente. La jeune blonde alla cueillir des bouteilles dans les armoires vitrées et versa, tour à tour, un sirop brunâtre et un liquide jaune dégageant des odeurs de citron dans deux verres miniatures. Les mixtures qui en résultèrent montraient des rayures exactement comme celles des abeilles, d'où on tirait certainement le nom du produit.

Alors que la femme m'apportait les deux verres, je lui déclarai aussitôt :

— Au fait, je n'en désirais qu'un seul.

Déjà rendue à l'autre extrémité du comptoir pour satisfaire les besoins incessants de ses nombreux clients, elle ne m'avait certainement pas comprise.

Le vieillard à ma gauche me dévisageait toujours avec le même acharnement. Il buvait sa bouteille d'Ash à tire-larigot et plongea aussitôt son regard dans le mien. J'eus l'impression qu'il cherchait à me provoquer.

Sans lui porter attention, je portai mon verre à mes lèvres et en bus le contenu tout entier. Ce cocktail, aromatisé au chocolat, goûtait agréablement bon, mais l'alcool me surchauffa la gorge comme à l'habitude.

— T'as l'air mignonne, tu sais. Aurais-tu besoin d'un peu de compagnie ce soir?

Je faillis recracher ma gorgée.

— Quoi? lui lançai-je sévèrement, complètement outrée.

— Ta deuxième abeille, tu l'as achetée pour moi? Ça tombe bien, j'avais soif.

Il étira son bras dans ma direction et tenta d'empoigner mon verre. Juste avant qu'il n'y parvienne, je saisis le verre du bout des doigts et bus le contenu en entier. Je remis ensuite le récipient vide à côté du premier et j'écartai le tout avec l'avant-bras. Mon voisin haussa un sourcil ; il avait l'air plutôt insulté. En fait, c'était exactement l'effet que je recherchais. Il se retourna alors de l'autre côté tout en grommelant, et j'en profitai pour m'éloigner du bar.

Une fois assez distancée, je jetai un bref regard par les voûtes qui menaient aux deux salles principales de cet hôtel. À gauche, une pièce de théâtre comique était jouée devant une foule d'environ cent personnes. Tout en observant les acteurs aux accoutrements ridicules mais nobles, les fêtards jouaient à des jeux de hasard sur des tables rectangulaires. De l'autre côté, assis aux vingtaines de guéridons distribués aléatoirement, une foule se rassemblait devant un plateau où jouait un trio de musiciens. Pendant que les tambours, la guitare et le violon résonnaient sur la scène, les cigares se fumaient de bon train et les chopes de bières s'entrechoquaient à travers les rires et les applaudissements des fêtards.

Intuitivement, j'outrepassai la voûte de droite et pénétrai doucement dans l'antre du chaos.

Dans cette section, on retrouvait presque exclusivement des soldats réunis entre amis ou accompagnés d'une jolie compagne. Comme le disait Smithen, l'heure de gloire revenait aux hommes, puisqu'ils rentraient après une longue mission à l'étranger. Les soi-disant conquérants n'avaient donc aucune difficulté à convaincre les affriolantes jeunes femmes de célébrer à leurs côtés.

Tout le monde se laissait joyeusement emporter par l'ivresse. À travers le chahut provoqué par deux cents spectateurs, on pouvait parfois distinguer la voix d'un combattant, qui prenait plaisir à épicer son dernier fait d'arme tout en gesticulant. Plus loin, devant le plateau, une dizaine de couples dansaient gaiement sur la musique rythmée des artistes. Bref, de l'action, on en retrouvait dans tous les coins.

Après que le dernier gueulard s'eût assis, les musiciens terminèrent leur chanson. La foule se hâta de les applaudir. Voulant me mêler à cette cuvée d'habitants, je claquai également des mains même si je trouvais la mélodie insipide. Une serveuse passa près de moi et rejoignit un groupe de buveurs, qui se mirent à suggérer opiniâtrement des pièces musicales au groupe sur la scène. Parmi les titres cités, j'entendis La Dame de Véloire, Armistice des Cours et Savoure l'Acier.

Après un court débat entre les membres de l'auditoire, le chantre accepta d'interpréter la première œuvre. Il se détourna et murmura quelque chose à ses musiciens, avant de reprendre sa position initiale. Peu après, le guitariste gratta délicatement les cordes de son instrument pour ensuite enchaîner avec les paroles :

Comme le rythme muet des horloges vétustes,
L'écho de ton fantôme me désempare,
Dis-moi n'est-il pas injuste,
Qu'à présent autant d'eau nous sépare.

Mora'Télidissan oya ki,
Ainsi, tu n'es plus ici,
Là-bas, le brouillard s'obscurcit,
Mora'Télidissan méria ki.

La dame de Véloire m'a occis,
Et sur la berge je reste assis.

Oui, j'y reste moi aussi…

Contrairement à mes attentes, cette complainte élégiaque parvint à détendre parfaitement l'auditoire excité. Les buveurs, les danseurs et les joueurs s'arrêtèrent tous pour se laisser pénétrer par la mélodie. La plupart répétaient même les paroles, silencieusement. Cet air devait avoir connu un succès énorme dans la cité.

En me retournant pour libérer le passage que je bloquais visiblement, j'aperçus un minuscule éclat lumineux dans un coin sombre de la salle. Tout au fond, une jeune femme, recroquevillée sur sa chaise, était assise seule à sa table et versait des larmes entre ses doigts crispés. Plus on parcourait les strophes de la chanson, moins elle semblait en supporter les notes amères. Même les feux des piédestaux n'arrivaient pas à cacher les taches rubicondes qui cernaient ses petits yeux en amande, éplorés.

Je ne pouvais porter mon regard ailleurs ; voir des gens tristes me rendaient morose également. Je décidai d'aller la rencontrer pour lui parler ou, du moins, tenter de la consoler.

Quand elle vit que je m'amenais dans sa direction, elle essuya les larmes sur son visage avec la manche de son manteau.

— Je peux m'asseoir?

Sans répondre, elle tira tranquillement la chaise à sa droite, m'invitant ainsi à prendre place à ses côtés. Peu après, la jeune femme poussa un long soupir. Elle était assise le dos rond, la tête penchée vers l'avant et les bras croisés. Je discernais clairement le désespoir sur son visage sudiste.

— Qu'est-ce qui ne va pas?

Elle ouvrit la bouche, mais aucun mot n'en sortit. En reprenant sa respiration, la jeune femme me répondit en murmure :

— Tu dois bien t'en douter.

— Non.

Je compris pourquoi elle balbutiait autant en parlant : il y avait une demi-douzaine de verres vides sur la table, juste devant elle. Cette cliente devait être complètement ivre.

— Ils mentent, grogna-t-elle en serrant les poings. Ils mentent à tout le monde.

— Comment? Mais qui?

— Ériknare m'en a parlé, tu sais. C'est un ami fidèle. Il l'a vu lui aussi. Son bras et ses côtes fracturées prouvent tout ce qu'il m'a dit. Nous sommes plongés dans le mensonge.

Elle abaissa la voix et approcha son visage du mien pour ne pas se faire entendre.

— En vérité, le barrage, il a été attaqué.

— Vraiment?

Bon sang, je mentais mal. Si la musique forte n'atténuait pas ma voix, mon bégaiement m'aurait certainement trahie.

— Il me l'a appris : Voleüs a été tué, et c'est Riuth le responsable de sa mort. Il était mon petit ami. Nous aurions dû être ensemble ce soir. Il ne reviendra jamais.

— Vous êtes certaine qu'il s'agissait bien du prince?

— Qui d'autre aurait réussi à faire un tel massacre? Ériknare m'a montré ses plaies : une seule gifle d'aile lui a brisé la cage thoracique et la jambe. Et Voleüs… un seul coup d'épée l'aurait tranché en deux. C'est inhumain.

— Je sais comment on se sent après avoir perdu un être cher. Mon père a rendu l'âme tout récemment. Il me manque terriblement. J'aimerais qu'il soit à mes côtés, qu'il me montre encore la voie à suivre.

Sans que je m'en sois rendue compte, la jeune sudiste m'avait transmi sa tristesse. Une larme roula doucement sur ma joue. Le rythme de mon cœur s'accéléra et mes yeux s'emplirent d'eau. La complainte jouée amplifiait sa douleur. Peut-être aussi était-ce simplement la faute des verres que je venais d'absorber au comptoir.

Des étourdissements qui commençaient à se manifester en moi, j'en déduisis que cet alcool devait m'affecter plus que je ne l'imaginais.

Mora'Télidissan oya ki,
Ainsi, tu n'es plus ici.

Là-bas, le brouillard s'obscurcit,
Mora'Télidissan méria ki,
La dame de Véloire m'a occis,
Et sur la berge je reste assis.

Oui j'y reste...

Twing

L'assemblée se mit à rire lorsque le musicien échappa son plectre en jurant. Il venait de casser une corde de sa guitare. Ma nouvelle amie et moi, nous en restâmes de glace.

— Pourquoi es-tu venue ici ce soir? lui demandai-je. N'aurais-tu pas préféré rester chez toi pour être tranquille?

— Chez moi, il n'y a personne, m'avoua-t-elle en frottant les rebords d'un verre du bout des doigts. Je n'aime pas rester seule. Je suis venue m'asseoir à cette table parce que j'y ai rencontré Voleüs pour la première fois, le mois dernier.

— Tu côtoyais ton petit ami depuis seulement un mois?

— Oui, répondit-elle un peu gênée. Mais je l'aimais beaucoup. Voleüs était beau, grand et robuste. Il collectionnait les monnaies étrangères et aimait bien marcher le soir au clair de lune…

Elle attendit avant de poursuivre.

— Je m'en rends compte malgré tout, je le connaissais bien peu. Peut-être mes larmes proviennent-elle seulement de mon égoïsme. Je pleure ma solitude et non la mort de mon petit ami.

— La mort provoque des émotions que l'on n'arrive pas toujours à comprendre. Sinon, cela voudrait dire que l'on comprend la mort.

La jeune femme n'avait absolument rien compris. Mon non plus, d'ailleurs. Je citais seulement les paroles que Daneruké s'obstinait à me répéter.

Je me mis soudainement à bâiller involontairement. L'alcool avait eu son plein effet sur mon corps ; je me sentais vraiment étourdie et même confuse. Voulant aller me reposer immédiatement, je me relevai avec une maladresse évidente.

— Où vas-tu comme ça? demanda-t-elle tristement.

— Je monte à ma chambre. Si je ne vais pas dormir immédiatement là-haut, c'est le plancher qui me servira de couche.

— Tu n'as pas peur de t'y rendre seule? Tu sais, il y a des ivrognes dans cet hôtel qui aimeraient bien profiter d'une proie facile dans un coin sombre. J'ai déjà failli y goûter une fois.

Malgré mon ébriété, je devinais bien que cette femme voulait simplement me convaincre d'accepter sa compagnie. Elle désirait discuter, partager ses tourments, et j'étais particulièrement bien placée pour le comprendre. La laisser seule à elle-même aurait été cruel de ma part. J'acceptai donc son offre et nous quittâmes la salle de spectacles.

* * *

Nous montâmes ensemble les escaliers rectangulaires qui entouraient trois statues de personnalités militaires, construites juste après la fin de la Grande Libération, comme le stipulaient des gravures sur une plaque de bronze. Arrivées au quatrième étage, nous nous glissâmes dans un corridor sombre, éclairé seulement par cinq lampions discrets accrochés aux murs. À la porte marquée du chiffre 44, je glissai la clé dans la serrure.

Contrairement à ma première idée, une odeur de propreté se dégageait de cette chambre. On y avait choisi les meubles avec goût et le lit, drapé d'un édredon bleu marine, ne montrait pas le moindre pli. Une fenêtre nous offrait une vue splendide sur le fleuve Masaccia et, juste en dessous, les nombreuses lumières d'Adyn brillaient toujours.

— Pour dormir dans les hôtels, tu dois être une voyageuse.

— Si on veut. Au fait, je ne connais même pas ton nom.

— Je me nomme Jaï-Kini.

— Tu es originaire du Drakanitt, n'est-ce pas?

— Effectivement, mes traits ne mentent guère. J'adore voyager également. Et toi, comment t'appelles-tu?

— Alégracia, répondis-je en oubliant qu'il aurait été préférable de taire mon nom.

Mon invitée entra et s'assit à son aise sur le matelas, tout en portant un regard énigmatique vers la fenêtre.

— C'est de l'angélique. Tu en connais la signification?

— On me l'a déjà appris : les yeux d'un ange.

— Laisse-moi les observer un instant, murmura-t-elle.

Je me penchai à son niveau et plongeai mon regard dans le sien. J'avais visiblement de la difficulté à fixer le même endroit. Probablement un autre effet de l'alcool.

— C'est vrai, chuchota-t-elle, ils sont d'un vert éclatant. Tes parents avaient bien raison de t'appeler ainsi.

— Les anges ont-ils vraiment les yeux verts?

— Il paraît. En général, ce sont les vert chaud tirant sur le jaune. C'est ce qu'on m'a raconté.

Jaï-Kini se tourna à nouveau vers la fenêtre et s'accouda contre la bordure. Elle soupira avant de dire :

— Tu as de jolis yeux, Alégracia. En fait, tu as toute la beauté nécessaire pour faire ramper tous les hommes à tes pieds.

— Les faire ramper? Que veux-tu dire par là?

— Allons, tu te moques de moi!

Elle m'entraîna devant le miroir et se plaça juste derrière moi.

— Si j'avais un corps comme le tien, je ne me retrouverais certainement pas seule ce soir. J'aurais retrouvé le soldat le plus vigoureux du groupe et, aveuglé par ma splendeur, il aurait délaissé sa petite amie pour me rejoindre. Nous serions montés ensemble pour faire l'amour pendant des heures. Oh! Comme j'aurais eu envie de gémir toute la nuit!

Pendant qu'elle fit une pause, Jaï-Kini en profita pour plonger son nez dans ma chevelure.

— Tu dégage une odeur de rose. C'est donc évident, tu me caches quelque chose. Tu n'aurais jamais employé de parfum si tu désirais vraiment demeurer seule ce soir.

Elle enroula une mèche autour de son index et la huma langoureusement.

— Peut-être es-tu comme ces tribades à Roc-du-Cap. Peut-être qu'en réalité, tu ne recherches pas la compagnie d'un homme.

La jeune sudiste se rapprocha encore, jusqu'à en appuyer sa poitrine contre mon dos. Quant à moi, encore plongée dans la stupéfaction la plus totale, je ne sus quoi lui répondre. À vrai dire, j'en avais vraiment assez de ses curieuses spéculations.

— Moi, suis-je assez jolie pour toi? Suis-je attirante au point de te procurer des sensations?

Je l'observai dans le miroir, la vis caresser mes hanches et blottir sa tête sur mon épaule. Dans mon cou, elle souffla un air brûlant. Ses doigts se baladèrent sur mes hanches et elle appuya sa joue contre le haut de mon dos.

Profanée de façon aussi inattendue, je me sentais complètement paralysée. Je voulais lui crier de partir, lui hurler au visage ou peut-être même la pousser par la fenêtre pour qu'elle me laissât tranquille. Toutefois, je ne parvenais pas à l'empêcher de violer ainsi la surface de mon corps. Il s'agissait exactement du genre de situation que je n'étais pas préparée à affronter.

Jaï-Kini chevauchait mes terres avec ardeur et passion. Ses mains se faisaient plus prenantes, plus vagabondes. Elle voulut humer encore et encore l'arôme dégagé par mes cheveux rosés. Mais là, une nouvelle odeur pénétra dans ses narines. Il s'agissait d'une pestilence, un effluve amer de chair brûlée.

Mes émois me bouleversaient et engourdissaient tout mon corps. La jeune sudiste cessa subitement ses mouvements et observa craintivement ma tête penchée vers l'arrière et mes dents exposées à l'air. Elle crut voir mes cheveux s'agiter sous une brise imperceptible, alors que la fenêtre était pourtant bien fermée. Elle fut prise d'une soudaine appréhension et me lâcha complètement.

— Est-ce que ça va? marmonna-t-elle en bégayant.

Mes cheveux se soulevèrent à nouveau, comme sous l'effet d'une bourrasque venant d'en dessous. Mes bras se raidirent au point où on percevait tous les muscles en relief.

— Va-t'en, grognai-je

Inutile de répéter l'injonction. La jeune fille se pressa dans le couloir et claqua la porte derrière elle. Je l'entendis ensuite descendre les marches à toute allure, puis, plus rien.

J'ignorais ce qui aurait pu se produire si Jaï-Kini était restée plus longtemps dans ma chambre. Je préférais ne pas y penser.

Chapitre XII

La chasse est ouverte

Une fois ces émotions dissipés, je me ruai vers la porte pour la verrouiller et glisser la chaîne dans l'entrebâilleur. Je m'enroulai dans les couvertures de mon lit pour me réchauffer. Je me sentais gelée comme si je venais de passer un hiver entier à l'extérieur.

— Je n'y comprends rien. Pourquoi ai-je réagi ainsi?

Au fond, je connaissais la réponse. Je me sentais outrée qu'on ait pu utiliser mon corps comme un vulgaire objet de désir. J'imaginais la chose autrement en lisant les livres de Dircamlain. À mon avis, les contacts sensuels ne pouvaient se dissocier de l'amour. Je venais de me confronter à une culture différente.

Peut-être les mœurs du Drakanitt différaient-elles des nôtres. Peut-être étions-nous les seuls au monde à nous réfugier ainsi dans les sentiments…

Même au quatrième étage de l'hôtel, j'entendais toujours la musique du rez-de-chaussée. Elle avait repris depuis peu. En bas, la fête commençait tout juste ; la mienne venait de se terminer subitement.

En tournant la tête, je remarquai qu'un journal traînait sur la table de nuit. Kakimi m'avait brièvement parlé de ce genre de périodique. Les imprimeurs d'Adyn pouvaient en produire des centaines d'exemplaires en une seule journée, grâce à des machines importées du Drakanitt. On y énonçait les faits marquants de la semaine, ainsi que des nouvelles d'actualité. Comme je désirais très précisément me changer les idées, je commençai la lecture des grands titres.

À première vue, on semblait traiter principalement de l'actualité concernant la récente guerre des Collines-aux-Aurores-Pourpres. Heureusement, rien n'était révélé concernant la chute du barrage. De toute façon, ce document avait été imprimé trop tôt pour avoir pu traiter de l'effondrement à temps. Je portai donc mon attention ailleurs.

Il était difficile de cerner les nouvelles intéressantes dans ce journal : des articles bêtifiants polluaient la plupart des pages. Je dénichai tout de même quelques écrits intrigants dans les dernières sections : celles réservées à l'actualité concernant les provinces étrangères.

D'abord, on annonçait le couronnement prochain du duc de Kærine. Un prestigieux bal allait être organisé la semaine prochaine. Seules les plus grandes personnalités du Continent-Coloré, y compris le roi d'Holbus, allaient y être invitées. Selon le rédacteur, l'événement allait attirer une foule impressionnante dans l'ancienne capitale.

Une seule phrase à la fin de l'annonce attira mon attention : « Pour démentir les rumeurs, l'événement ne sera pas annulé à cause des phénomènes récents concernant les pierres d'Émaglorole. Le duc recommande de ne pas s'inquiéter à ce sujet. Selon ses géologues... »

— Émaglorole... j'ai déjà entendu ce mot quelque part, mais où?

J'y songeai longuement. « Émaglorole »... Ne s'agissait-il pas des pierres que l'on utilisait dans les détecteurs de magie, comme me l'avait expliqué Shnar?

J'eus alors un mauvais pressentiment. Par précaution, je choisis de déchirer l'article et de le garder avec moi.

* * *

Malgré les perturbations vécues la veille, je parvins à passer la nuit dans la sérénité. Je quittai les couvertures chaudes dès l'apparition des premières lueurs de l'aube.

En bas, une dizaine de lève-tôt buvaient une boisson chaude près du bar central. Après avoir remis ma clé à un employé de l'établissement, je m'informai auprès des clients pour connaître l'emplacement du port. Un vieux marinier moustachu me prévint qu'une navette en direction de Kærine allait quitter le quai de la métropole vers dix heures. Exactement comme je m'y attendais.

Je m'apprêtais à sortir paisiblement de l'établissement hôtelier, quand mon cœur se resserra soudainement dans ma poitrine. Je perdis complètement mon souffle, comme si on venait de me frapper dans l'abdomen. Le choc fut d'une brutalité extrême. J'en tombai à genoux. Je voulus reprendre ma respiration, mais là, un frisson douloureux me parcourut le corps de la tête aux pieds.

M'ayant vue chuter ainsi, une jeune dame en manteau beige m'aida à me remettre sur pieds. Elle me demanda si tout allait bien et je lui mentis en répondant par l'affirmative, avant de la remercier pour sa gentillesse.

Une fois cette bienfaitrice éloignée, je scrutai rapidement chaque recoin de l'hôtel. J'avais la certitude qu'elle ne devait pas se trouver loin de moi. Si je ne la voyais pas, c'était simplement parce qu'elle se cachait merveilleusement bien. Car oui, je reconnaissais ces palpitations particulières, même après tant d'années. Inutile d'en douter : Jaï-Kini avait deviné que je n'étais pas entièrement humaine. Elle m'avait dénoncée auprès d'eux.

Arrivée dehors, je me précipitai vers l'écurie pour prendre Furon. Mon cheval semblait en pleine forme. On l'avait brossé et bien nourri durant son séjour. Pour suivre le conseil de l'Arcaporal, je laissai un bon pourboire au palefrenier et quittai les lieux sans attendre.

Un énorme bateau accostait au port, comme on me l'avait dit. Des voyageurs vêtus de leur plus gracieuse tenue montaient la rampe pour prendre place à l'intérieur. Comme eux, je payai la traversée et grimpai les marches avec mon cheval. Je me retrouvai sur le pont principal.

Aussitôt que je fus arrivée, un jeune valet habillé d'un veston rouge s'occupa de ma monture et la guida vers une nouvelle écurie. Quant à moi, je demeurais libre de me rendre où bon me semblait. Je pouvais choisir entre observer les splendeurs du fleuve, qui brasillait sous l'éclat du soleil, ou me faufiler dans les bâtiments supérieurs pour profiter des récréations proposées aux touristes.

Peu à peu, le navire à destination de Kærine se bonda de passagers.

À première vue, je remarquai que deux types de voyageurs s'intéressaient à cette traversée. D'abord, il y avait les habitués, qui prenaient le bateau dans le but unique de se déplacer. Ceux-ci, d'un air indifférent, se choisissaient une chaise au soleil et se plongeaient dans un livre durant tout le trajet. Néanmoins, cette expérience semblait palpitante pour d'autres, spécialement pour les jeunes couples. Ils consultaient l'horaire des activités pour être sûrs de ne rien manquer.

À dix heures, on largua les amarres et l'embarcation s'éloigna du rivage, poussée par les vents, qui frappaient les voiles nouvellement déployées.

* * *

Après une heure de navigation, je sentais toujours cette présence agaçante. Elle était montée sur le bateau, sans l'ombre d'un doute. Malgré mes efforts, je ne parvenais pas à identifier sa position exacte. Ce doute me tracassait à un point tel que j'en oubliai les merveilleux paysages de la vallée.

L'excitation causée par l'embarquement tomba peu à peu. Les plus vieux s'appuyaient contre les gardes de bois en observant les Montagnes d'Ombre parader à l'ouest, tandis que les jeunes s'enfermaient dans le bâtiment-maître, d'où on entendait la musique d'un orchestre symphonique.

— Belle journée, non?

Une voyageuse me fit sursauter en m'abordant pendant ma réflexion. Accoudée contre la barrière, elle regardait l'eau se briser contre la coque du navire. De côté, ses longs cheveux noirs me cachaient son visage, sauf son petit nez pointu légèrement recourbé vers le haut.

— Je dirais même que c'est un temps idéal pour la chasse, poursuivit-elle sans varier son intonation.

La femme svelte croisa les jambes ; ses bottes de cuir me renvoyèrent des reflets lumineux presque aveuglants. Une cape de couleur marine lui descendait jusqu'à mi-cuisse.

— Vous allez à Kærine pour chasser?

— Entre autres, dit-elle en se retournant à moitié, révélant un sourire. Mais je suis friande. Je prendrai toutes les proies croisées en chemin, sans en laisser une seule pour les loups.

Mes soupçons se dissipèrent en apercevant le scintillement de sa bague d'argent. Il s'agissait bien d'elle.

— On ne me prendra pas si facilement, lançai-je fermement.

— Oh, mais ai-je prétendu vous en vouloir?

— Cette jeune sudiste, elle vous a alerté, n'est-ce pas?

Elle s'approcha pour me murmurer à l'oreille.

— C'est ce que j'adore des démons. Nous les avons chassés durant des siècles et depuis, ils ont appris à détecter notre présence, à nous sentir, à nous reconnaître. Les démons frémissent à notre approche comme des gamins qui s'apprêtent à recevoir le châtiment paternel. Nous sommes les prédateurs ultimes de ce monde. Ils en sont conscients. Et aujourd'hui, ils l'acceptent.

— La plaie que vous m'avez faites sur le bras aura été la première et dernière de votre part.

— Vous aurais-je déjà rencontrée?

— Il y a bien longtemps, dans les ombres…

— Cela aurait-il vraiment pu se produire en d'autres circonstances?

Dans un déplacement lent, la jeune femme reprit sa position initiale.

— Ne t'en fais pas. Je suis capable de ressentir tes émanations. À la concentration de Ténèbres présente dans ton corps, tu ne représentes rien d'important. Souviens-toi néanmoins de ceci : je te garderai à l'œil. À la moindre bêtise…

— Que ferez-vous? l'interrompis-je en plissant les paupières.

— J'accomplirai le devoir sacré de la famille Artis'Téming.

La chasseuse fit volte-face et s'éloigna vers l'escalier des cales. Elle y disparut pour le reste du voyage.

Chapitre XIII

Une histoire d'échecs

Un silence presque parfait s'abattit de nouveau sur le pont. L'orchestre, après une pause d'environ cinq minutes, reprit sa symphonie et fit résonner des sonorités basses à travers toute l'embarcation. Cette musique attira un nouveau groupe de curieux, qui se glissèrent, un à un, à l'intérieur du bâtiment-maître.

Poussée par la curiosité et par l'attrait des mélodies entraînantes, je décidai de m'y aventurer en douce.

Cette énorme salle, éclairée par un vitrail plafonnier en forme d'étoile à dix pointes, comprenait une série de trois gradins alignés autour d'une scène octogonale, où se jouait un des événements annuels les plus attendus : le tournoi d'échecs du Plateau-Doré.

Assises face à face, deux participantes s'affrontaient au jeu noble autour d'une table ronde en marbre. La grille du jeu était incrustée de pierreries noires et ivoire. On avait entamé la partie depuis au moins une demi-heure, et il restait seulement la moitié des pièces sur la table.

Une trentaine de musiciens, munis de violons, de trompettes, de flûtes et d'instruments à percussions, se tenaient prêts à produire de glorieux airs sous les ordres d'un chef d'orchestre agenouillé devant la scène, la tête dissimulée sous un chapeau grenat orné d'une longue plume. D'un geste rapide, ce dernier leva la main, fit tourbillonner les dentelles accrochées à son poignet et se releva dans un mouvement aussi fluide que gracieux. Il se mit ensuite à narrer la partie en cours, d'une façon quelque peu inusitée :

— Vous croyiez qu'il renoncerait, qu'il abandonnerait, qu'il se plierait et enfoncerait son visage dans l'herbe pour qu'il y gerbe. Sir Avrïeth, combattant au service du puissant roi Biathra et de la captive reine Mizrâle, resta debout et souffla un air plus sauvage que celui des taureaux cornus du nord. Au milieu des cendres fumantes et du champ cadavérique, jardin du trépas de ses frères, il enjamba le corps d'un compatriote et courut avec ferveur sur la colline. Il s'approchait toujours plus près des lignes ennemies.

Il ouvrit sa main pour libérer un morceau de papier froissé qui descendit dans l'air comme une plume touffue.

— Le dernier pion noir avance sur F6!

La joueuse déplaça la pièce d'une case. À l'instant où la figurine toucha le marbre, un hymne glorieux jaillit des instruments de l'orchestre pour magnifier cette avance. Les spectateurs applaudirent, puis le silence régna complètement dans la salle.

L'adversaire possédait encore plusieurs pièces à son actif, mais se retrouvait désavantagée par sa position. Son roi était protégé par quatre pièces importantes, mais les bouger mettait le souverain automatiquement en échec. Les déplacements devaient donc être réfléchis et minutieux pour éviter une éventuelle catastrophe. De plus, un autre problème se présentait : si le pion noir damait – il allait atteindre la huitième case en deux coups –, le retour éventuel de la reine allait faire tourner sérieusement l'avantage.

Après une longue minute de réflexion, la compétitrice arracha un bout de papier à son calepin et y griffonna quelques mots. Elle le plia en deux et un grand individu, dans la mi-quarantaine, vint le prendre pour l'emporter en coulisses. Le silence qui suivit dura plus longtemps. Des spéculations hâtives commencèrent à circuler entre les membres de l'audience. Les joueuses ne quittaient jamais le damier du regard.

Peu après, le rhapsode au chapeau revint sur le plateau pour continuer sa narration. À l'autre extrémité de la scène, il s'écria :

— Sire! Un ennemi se glisse dans l'enceinte. Il court avec la fougue des Drogarin. Je vous le dis, leur flamme n'est pas encore éteinte!

Le roi blanc se rua à la fenêtre et y poussa le chevalier pour reconnaître son rival.

« — Camilliot! s'écria le souverain par l'ouverture de la tour. Vous avez échoué dans votre devoir de garder les lignes. Maintenant revenez ici et débarrassez-moi de cet intrus.

« — Les tours menacent de siéger par le sud. Nous devons garder position.

« Le souverain jura et se replia dans la salle du trône. Sans faire le moindre bruit, sa reine s'approcha et lui murmura à l'oreille :

« — Ô mon doux monarque, je pourrais me faufiler dans l'ombre et le poignarder avant qu'il n'atteigne les cachots.

« — Non ma chère. Vous devez rester auprès de moi pour assurer ma protection. Mais l'essence de votre idée a du potentiel… Faites venir à moi le preux Férencide, le cavalier qui n'a pas encore nettoyé le sang sur sa lame.

« Avant qu'on ne parte livrer la dépêche, les portes de la salle du trône s'ouvrirent et cognèrent vivement sur les murs. Tous perdirent l'équilibre. Un combattant enveloppé d'une cuirasse de fer, portant un pavois triangulaire, accourut devant le monarque et s'agenouilla.

« — Férencide, pour vous servir, mon seigneur.

« — La reine adverse sera bientôt libérée. Avancez vers l'est et assurez-vous qu'elle n'atteingne jamais les remparts de cette forteresse.

« — À vos ordres, sire. »

Le maître de cérémonie lança un nouveau papier dans les airs.

— Le cavalier blanc recule sur C6!

L'orchestre recommença à jouer une musique militaire et après une série d'applaudissements, le coup de l'adversaire se joua immédiatement.

— Foulant l'herbe brûlée et contournant les tours écrasées, sir Avrïeth, serviteur de Biathra, pénétra courageusement au cœur même de la citadelle de ses ennemis à une vitesse capable de rendre jaloux un coureur des Alcoférias. Après avoir passé rapidement sous la herse, avant qu'elle n'enfonce ses crocs ferreux dans la terre, le prince esquiva adroitement les flèches d'une vingtaine d'archers royaux avant d'aboutir devant les portes rustiques du donjon.

L'animateur verveux annonça la nouvelle position du pion noir, soit F7. La réplique à ce coup fut autant instantanée qu'agressive.

— Galopant à cheval à travers le hall du palais, Férencide bouscula les serviteurs et fit voler les plateaux contenant le souper du monarque. À l'extérieur, il contourna le temple pour se positionner à l'embranchement des rues principales. De là, il voyait clairement son ennemi.

« — Tu n'iras nulle part, damnée reine.

« — Cavalier sur E7! »

Musique, puis applaudissements. Le rhapsode n'eut même pas le temps de retourner derrière le rideau que, déjà, un papier indiquant le prochain mouvement lui parvint en main.

— À l'intérieur des cachots humides et pestilentiels, Avrïeth courait avec la fougue divine qui l'animait depuis le trépas de ses frères. Pierres et barreaux défilaient autour de lui à la vitesse d'une tempête. Après avoir rapidement traversé le couloir, une voix de femme retentit devant le vaillant soldat.

« — Jeune sauveur, par ici! Venez me libérer de cette cellule abominable!

« Le belligérant s'arrêta devant la geôle d'où émanaient les plaintes. Habitué à l'obscurité du souterrain, il reconnut facilement sa reine. Recroquevillée sur un lit de paille, elle leva doucement la tête et écarta ses mèches crasseuses, autrefois d'un blond éclatant comme l'or, et implora du regard l'homme derrière les barreaux.

« — Je suis désolé, s'expliqua-t-il. Vos charmes et votre douceur ne conviennent guère à ces murs vaseux, je le consens. Mais en vérité, je ne suis pas venu ici pour vous libérer.

« Le robuste guerrier fracassa son épée contre la serrure du cachot qui se trouvait derrière lui. La porte rouillée s'ouvrit en grinçant et un cavalier, déjà monté sur un cheval noir et bardé des armoiries de Biathra, en sortit tout en rattachant minutieusement son heaume.

« — Sire Melliban! Le souverain ennemi se cache à l'intérieur du donjon vertigineux. Serez-vous à la hauteur?

« — Sans contredit! tonitrua le hussard avant d'éperonner rageusement sa monture.

Sur le plateau, la compétitrice remplaça son pion par une pièce ornée d'une tête équine, à la grande surprise de tous. Confrontée à ce choix imprévu, son adversaire entama une longue réflexion qui emplit la salle d'un silence quasi-parfait. Les remous de l'eau redevinrent audibles. La compétitrice déchira son papier et y fit vagabonder son crayon sans rien écrire. Finalement, elle inscrivit quelques lettres et tendit la note à l'animateur.

— Le patient Férencide attendait résolument sa prochaine proie au centre de l'allée royale. Espérant voir une femme émerger de la prison, son visage pâlit lorsqu'il y entendit un cheval galopant à une vitesse furibonde. Les ténèbres recrachèrent alors le cavalier noir. Avec célérité, il bondit par-dessus Férencide sans même lui laisser le temps de dégainer l'épée. Poursuivant sa lancée fougueuse vers la tour-maîtresse, Melliban défonça le portique d'entrée et renversa à nouveau les serviteurs qui venaient juste de nettoyer leur dégât.

« Une minute plus tard, le souverain du royaume des blancs sentit amèrement une lame froide s'appuyer contre son cou. Les gardes, impuissants et manquant de vivacité, laissèrent tomber les leurs en reculant contre le mur.

« Menace entraînant inévitablement le mat en deux coups. Lasielle Arioo est déclarée vainqueur. »

Alors que les acclamations retentissaient dans la salle, on remit à la joueuse victorieuse un trophée en forme de tour, composé entièrement de splife. La foule se dissipa ensuite vers les ponts. Quant à moi, je contournai le plateau central pour aller rencontrer le rhapsode sur la scène. Ce dernier me lançait des regards subtils depuis quelques minutes, qui semblaient vouloir dire : « Elle m'a l'air familier. Je la connais? ». Pour ma part, je ne me trompais guère sur son cas.

— Wecto!

— Ma foi, je craignais que cette adorable jeune fille soit capable de m'identifier avant d'avoir moi-même retrouvé son visage dans les vieux livres de ma mémoire.

— Allons cher ami, dit un homme plus âgé derrière le rideau. Il s'agit de cette prodigieuse danseuse, la charmante Alégracia!

Il écarta le rideau et se dévoila. Ces paroles provenaient bien de Jaquot.

— Je l'ai reconnue à l'instant où elle a franchi le seuil de ce lieu.

Le plus vieux descendit les quatre marches pour me faire l'accolade.

Tommy 06

— Alors, comment vas-tu? Et comment se porte ce bon vieux Daneruké? Nous n'avons eu aucune nouvelle depuis votre départ.

— Je me porte à merveille, dis-je en évitant de dévoiler des informations sur mon mentor.

— Tu as l'air en pleine forme. Quelle jolie jeune fille tu es désormais!

— Splendide beauté, que depuis longtemps, je n'ai pu admirer! renchérit Wecto, tout sourire, en dénouant son veston trop serré.

Je rougis devant ces marivaudages si sincèrement formulés.

— Tu navigues seule? Vers quelle destination? Sabrion? Kærine? Ou prendras-tu le prochain traversier à Bienvenue?

— Je dois retrouver quelqu'un dans la vieille capitale.

— Oh, mais notre route s'arrête également dans cette somptueuse ville! Wecto, que diriez-vous d'accueillir cette mirifique demoiselle dans la suite qui nous a été réservée, le temps du voyage?

— Elle mérite effectivement mieux que la compagnie d'une foule grouillante et gênante. De plus, Paul se fera un plaisir de lui préparer une délicieuse boisson chaude. Accepterez-vous la proposition, ô demoiselle aux yeux d'émeraude?

Comment aurais-je pu refuser?

Chapitre XIV

Soieries et parfum de colméranio

En longeant le pont, nous passâmes sous les banderoles tricolores, qui striaient les murs d'ombres mouvantes. Jaquot bifurqua dans un escalier menant au premier niveau sous la surface du tillac. Nous continuâmes dans un couloir illuminé par une série de lanternes cylindriques. Le plus vieux s'arrêta devant une porte et chercha sa clé.

Un triptyque ornait le mur derrière moi. Ces toiles représentaient des navires militaires cinglant sur l'empire des ondes, réchauffés par les rayons d'un soleil démesuré, qui luisait de mille feux.

Wecto frappa, mais Jaquot l'arrêta aussitôt.

— Tu sais bien que Paul doit encore dormir.

— Enfin, il est une heure de l'après-midi…

— Justement. Et si les remous de la mer incommodent certains passagers, ils ont certainement le pouvoir de bercer suffisamment notre ami pour faire durer son sommeil. Souviens-toi notre dernière traversée au Drakanitt…

— Ah! Comme ces voyages me manquent!

Le plus ancien déverrouilla la poignée et entra silencieusement. Il fut surpris d'entendre un bouillonnement en provenance du salon. Wecto se déchaussa. Il s'approcha des six fauteuils de velours pour y découvrir son ami, assis les jambes croisées, avec l'embouchure d'un énorme narguilé accroché aux lèvres. Tandis qu'il prenait une longue inhalation par le tube orangé, l'intérieur du fourneau s'embrasa et un liquide miellé, contenu dans une sphère de vitre, commença à moutonner. Le visage empreint de béatitude, il souffla la fumée en deux petits nuages blafards et s'enfonça plus profondément dans le confort de son siège.

— Vous arrivez tôt, lança Paul, les yeux à moitié ouverts.

Wecto contourna la table centrale et se pencha pour examiner l'engin exotique.

— Cela semble être une bonne herbe! Où as-tu réussi à te procurer tout cet attirail?

— D'un sudiste qui s'intéressait drôlement à notre bon Jaunar.

Jaquot se lavait les mains dans la cuisine. Il toussa deux fois avant de réprimander son ami :

— Tu n'as guère songé à aérer une seule fois?

Il laissa son chiffon cramoisi sur le comptoir et réfléchit.

— Il s'agit là d'une odeur particulière. Si mon nez ne me joue aucun tour, cette herbe provient en fait de ces rares plantes cultivées au cœur de la jungle de Mika par les indigènes. Serait-ce du colméranio?

— Votre mémoire infaillible va de pair avec la finesse de votre odorat, cher Jaquot!

— Laisse-moi y goûter un instant.

Paul prêta le bout du tube à l'aîné. Ce dernier inhala une bonne dose de fumée. Dans le globe vitreux, l'eau aromatisée recommença à mousser. Quand Jaquot laissa s'échapper les nuages gris par ses narines, il déclara :

— J'espère seulement remettre les pieds au Drakanitt bientôt.

— Cela ne saurait tarder, le rassura Wecto, qui commençait à faire bouillir de l'eau. Je crois pouvoir mettre la main sur un contrat juteux d'ici quelques semaines. Il nous emmènera directement sur le prestigieux chapiteau de Roc-du-Cap.

— Magnifique! renchérit Jaquot avant de se relever. Mais avant toute chose, Paul, laisse-moi te présenter une personne bien spéciale.

Lentement, son ami abaissa le regard sur moi et s'exclama de surprise.

— Le colméranio altère-t-il mes sens au point d'y aviser la plus splendide créature jamais admirée?

Il se leva et me baisa la main en gentilhomme.

— Détrompe-toi, mon cher Paul. Tu connais cette demoiselle.

— Cette impression me tourmentait justement l'esprit.

En s'approchant, il huma l'air.

— Quel somptueux parfum de rose!

— C'est exactement le genre de fragrance qui ne se vend dans aucune boutique, lui expliqua curieusement Jaquot. Ne te souviens-tu pas de la petite Alégracia, protégée de Daneruké le danseur?

— Bien sûr.

Les deux autres attendaient une réaction de la part de Paul. Désenchanté, Jaquot ajouta :

— C'est elle. Ne l'as-tu pas reconnue?

Je vis aussitôt que Paul se sentait mal à l'aise. Pour éviter d'entendre ses excuses, je m'avançai vers lui en disant :

— Si moi j'ai grandi, vous, vous n'avez guère changé. À part peut-être la plume sur votre chapeau, Wecto.

— Dûment empruntée d'un authentique itililaïlaïlille, grand oiseau nommé selon l'assonance inimitable de son chant.

Ses mots me firent rire, comme autrefois.

— Accepterez-vous de boire un chocolat chaud fraîchement préparé?

— Bien entendu! dis-je avant de m'asseoir au salon avec Jaquot et Paul, qui reprit l'embouchure de son narguilé. Alors, comment vous portez-vous?

— La forme est excellente, commença Jaquot, et les contrats affluent de toutes parts, si bien que nous ne pouvons fournir à la demande actuelle. Malgré tout, nous avons l'intention de passer un été moins mouvementé, question de pouvoir profiter des bénéfices de nos tournées.

— Mieux vaut commencer tout de suite, ajouta Paul avant d'inspirer à nouveau une dose de colméranio.

— Je ne dis pas le contraire, enchaîna l'aîné. Le calme étant rétabli au Continent-Coloré, ce printemps hâtif annonce un été rempli de promesses.

— Pourquoi allez-vous à Kærine?

— J'allais vous demander d'élaborer sur le même sujet, reprit Wecto en déposant une tasse aux vapeurs odorantes devant moi. Étant natifs et connus à travers tout le Plateau-Doré, nous avons été cordialement invités au couronnement du futur duc de la province, dans exactement deux jours.

— Qui l'aurait cru? marmonna Paul dubitativement, tout en roulant les yeux.

Je lui demandai d'expliquer sa réaction, qui mélangeait l'ébahissement et le sarcasme. Il me répondit :

— Si je me souviens bien, ce jeune Moranoir ne t'est pas étranger, à toi non plus.

Il se mit à rire sourdement et s'étouffa presque avec sa fumée.

— Moranoir? S'agirait-il du petit Samocure?

— Petit? recommença Jaquot. Je te jure qu'il a grandi, tout comme toi. Le fils de Mathias est maintenant devenu un jeune adulte bien développé. Il semble toujours nous regarder d'en haut.

— Est-il toujours aussi arrogant?

— Depuis la dissolution de la troupe d'Okliarre, nous ne lui avons guère adressé la parole, m'expliqua Wecto. Toutefois, des compères qui travaillent actuellement pour la couronne m'ont appris qu'il est… très sympathique.

— Comment son père est-il mort?

Ces mots surprirent Jaquot.

— On dirait, chère demoiselle, que vous êtes plus familière avec la monarchie drakanienne que la nôtre.

— C'est possible. J'ai lu plusieurs livres qui ont été écrits par des auteurs sudistes.

— Ah! Tu vois, ici, on ne parle pas d'un souverain léguant son pouvoir à un héritier, me corrigea-t-il, mais bien d'un duc de province. Le pouvoir de ce dernier se transfert toujours à l'aîné de ses enfants, et ce, lorsque celui-ci atteint ses dix-huit ans. À ce moment, les dirigeants actuels deviennent les conseillers de leur fils ou fille. Le même phénomène se répète pour chaque génération. C'est ainsi depuis la fondation du premier système politique au Continent-Coloré. Maintenant adulte, Samocure a légitimement droit à la couronne de ses parents.

— Serait-il suffisamment sage pour gouverner une province entière? Cela me paraît une lourde tâche pour un jeune homme inexpérimenté.

— Sans contredit, durant les premières années du nouveau règne, Mathias et Sarelline Moranoir s'occuperont de la majorité des papiers. Ceux-ci étant à la fois conseillers et parents, le jeune duc leur devra toujours obéissance. Le rôle de ce dernier est donc symbolique, formel, cérémonial et culturel. Intéressant, n'est-ce pas?

Voyant que mes amphitryons cessaient de parler, je pris une généreuse gorgée dans ma tasse encore fumante. Le goût sublime et l'onctuosité du chocolat chaud me manquaient vraiment. D'une gorgée, j'avalai la moitié de ma tasse. En voulant siroter la sienne, Wecto se brûla la langue et il dut recracher sa gorgée dans son récipient.

— Et vous, chère Alégracia? enchaîna-t-il. Pour quelles raisons naviguez-vous vers la capitale du Plateau-Doré?

J'hésitai et observai longuement ma tasse avant de répondre.

— Je suis entrée en contact avec un Xayiris.

Quand je prononçai ce mot, le tube de Paul glissa hors de sa bouche et le visage de Wecto s'immobilisa de stupeur. Quant à Jaquot, il s'assit à mes côtés et tenta immédiatement d'en savoir davantage.

— De quelle couleur était-il?

— Rouge. La glace recouvrant son corps diffusait cette teinte.

— Nao'Zeel…

— Vous le connaissez?

— Hélas non. Aucun de nous trois n'a eu la chance de rencontrer un ange Xayiris de sa vie. Et extrêmement rares sont ceux qui les ont aperçus modelés dans la glace. Je connais ce nom parce que mes anciennes études m'ont obligé à m'intéresser à ces oiseaux colorés et énigmatiques. Ils existent, dit-on, depuis la création du Continent-Coloré.

— Pourquoi vous a-t-il incité à vous rendre à Kærine? questionna Wecto encore excité.

— Nao'Zeel m'a expliqué. Il est le chef de son ordre et s'engage à défendre les six valeurs primordiales de notre continent. Pour accomplir leur volonté, ils ont à leur service un puissant héros. Il s'agit du prince Riuth, anciennement connu sous le nom d'Ange Arc-en-Ciel.

Je pris une copieuse gorgée avant de poursuivre.

— J'ignore comment il a fait, mais le meneur des Xayiris est parvenu à déchiffrer mes rêves pour découvrir ce que je ressentais pour Riuth. Un amour timide, secret…

Une fois encore, je commençai à rougir :

— Par ses paroles, il m'a complètement mise à nu. Il savait qu'une fois enlacée dans ses bras, j'aurais voulu y demeurer pour l'éternité. Je…

Je perdis mes mots.

— L'amour, commenta Jaquot. Difficile de décrire ce genre de sentiment, n'est-ce pas? Même après des années à raconter des histoires de toutes les saveurs, j'ignore encore comment vraiment définir cette émotion. Nao'Zeel doit jalousement garder ce secret pour lui seul. Pour t'éclairer, j'aimerais te préciser que cet ange possède le pouvoir de sentir l'amour tout comme je peux humer l'arôme somptueux d'une fleur du printemps. Semblerait-il même qu'en ce domaine, son sixième sens soit infaillible.

— Il a donc vu juste.

Ma tasse étant vide, je la déposai sur la table centrale.

— Le Xayiris rouge désirait que je me batte à leurs côtés également. C'est pourquoi il m'a suggéré de suivre la trace de Riuth. Je cherche présentement à le retrouver.

— Alors le prince d'Holbus se trouve à Kærine?

— C'est ce qu'il m'a laissé entendre. Nao'Zeel ne m'a pas laissé des indices très précis. Selon lui, je devais seulement embarquer sur un bateau vers Kærine.

Je fouillai alors dans mon uniforme pour en extraire un papier froissé : l'article que j'avais déchiré dans le journal d'Adyn. Je le déposai sur la table, juste à côté de ma tasse vide. Quand Wecto s'approcha pour le lire, je lui dis :

— Grâce à ce texte, je crois avoir deviné pourquoi Riuth se trouve dans cette ville.

Il le parcourut brièvement, avant de me demander :

— Le couronnement du duc? Riuth prendra-t-il également part à la cérémonie?

— En réalité, le passage qui a retenu mon attention porte sur les pierres d'Émaglorole.

— Oui… on en parle depuis quelques jours. Il semblerait que certains détecteurs de magie s'agitent dans la cité, sans raison apparente. Ils produiraient un bourdonnement constant qui, parfois, durerait pendant des heures.

— Vous ne croyez pas que ce phénomène pourrait être causé par quelque chose d'anormal, de maléfique?

— Des spécialistes se seraient penchés sur la question. Ces derniers élaborent des théories sur des phénomènes géothermiques, des émanations de chaleur en provenance du sol. Parfois, des manifestations semblables se produisent avant l'irruption d'un volcan.

— C'est terrible!

— Oh mais nous n'avons guère à nous inquiéter! Le Continent-Coloré n'est pas une terre propice à la formation de ces cataclysmes; il n'y en a jamais eu par ici, d'ailleurs. Cette île devra exister encore bien des années avant de se rider.

— Les terres du Drakanitt sont terres depuis plus de dix mille ans, enchaîna Jaquot. On compte en son milieu pas plus de cinq caldeiras, toutes formées au cours du dernier siècle. D'après moi, il faudra patienter le même temps pour admirer des geysers de magma ici.

— Mais je vous pose la question, repris-je. Pourquoi Riuth s'aventurerait-il inutilement dans la capitale d'une province, avec comme seul indice un phénomène qualifié d'inoffensif?

Les trois amis réfléchirent, puis Paul, étrangement silencieux depuis un moment, remit l'embouchure fumante du narguilé entre ses lèvres. J'enchaînai donc avec mon idée :

— Moi, je dis que le Serpent d'Argent se trouve à Kærine. Et là où se trouve cette arme, Shnar s'y trouve également.

— Comment justifies-tu ce raisonnement? demanda Jaquot.

— Nao'Zeel me l'a expliqué brièvement. Quatre ans auparavant, à l'époque où je venais de quitter le gîte familial, le Serpent d'Argent était enfoui profondément sous la surface des Bois-Verts. Pour qu'on le découvre plus facilement, l'arme amplifiait ses émanations magiques. Là-bas, les détecteurs de magie oscillaient si fort qu'ils se brisaient dans un périmètre d'au moins un kilomètre. Je suis persuadée qu'il s'agit exactement de la même manifestation.

Jaquot se frotta le menton et sirota sa boisson avant de répliquer.

— Qu'en pensez-vous, Wecto? dit-t-il en tournant la tête.

— Cette révélation soulève en moi de sérieuses inquiétudes. Admettons que tout cela soit vrai, quels seraient les desseins de Shnar?

J'enchaînai avec une nouvelle question :

— Habituellement, le roi est-il invité lors de l'intronisation des chefs de province?

— Évidemment, reprit Jaquot. Izmalt dépose lui-même la couronne ducale sur la tête du nouveau dirigeant.

— La voilà, notre réponse. J'ignore si la nouvelle s'est répandue rapidement, mais sachez que Shnar et Izmalt cherchent à se détruire l'un et l'autre.

Jaquot hocha la tête en signe d'approbation.

— Bien sûr. La Guilde du Simulacre…

Wecto évoqua lui aussi son appréhension.

— Ces affirmations méritent évidemment une étude plus approfondie. Mais effectivement, je l'admets. Dans deux jours, si les camps opposés se réunissent au même endroit, nous pourrions assister au plus violent règlement de compte jamais disputé sur le Continent-Coloré. Ce sera un événement fort intéressant qu'il nous faudra surveiller.

Chapitre XV

Kærine

Je passai la journée subséquente en compagnie des trois conteurs. Ils avaient profité de ces longues heures pour me raconter maintes légendes et faits historiques, allant de l'an zéro, année de la découverte du Continent-Coloré par les colons drakaniens, jusqu'à aujourd'hui. En revanche, je me permis d'expliquer les révélations prodiguées par le Xayiris rouge, soit les secrets se cachant derrière Izmalt à propos du Kefcheth Heina Lenapoo ou, en notre langue, Refuge des Âmes Perdues. Sans vraiment mettre en doute ma crédibilité, Wecto s'était replongé un après-midi complet dans sa collection de livres anciens afin de vérifier la concordance de mes nouvelles confidences. Durant sa lecture, chaque page lui révélait des surprises étonnantes. Lorsqu'il refermait un livre, je remarquais son visage illuminé de nouvelles vérités qu'il devait accepter.

Le dernier soir du voyage, Jaquot ordonna une réunion au salon pour conclure leurs récentes recherches. Nous acceptâmes à l'unanimité l'existence du Refuge des Âmes Perdues, et confirmâmes les natures démoniaques d'Izmalt et de Shnar. Toutefois, il nous fut impossible de tirer une conclusion logique quant à l'aspect angélique de Riuth. Étant fils de Kajuvâr, ne devait-il pas être un démon?

Il existait évidemment une explication logique à ce sujet et je n'allais pas tarder à la découvrir.

À la fin de la soirée, tous acceptèrent de croire que le Serpent d'Argent se trouvait dans l'ancienne capitale. Mieux que tout, Jaquot, Paul et Wecto se portèrent volontaires pour m'assister dans l'enquête que je voulais mener à notre arrivée.

* * *

Le matin du deuxième jour, le bateau accosta au port de la cité la plus vieille du Continent-Coloré : Kærine. Accoudée contre la garde du pont supérieur, je remarquai d'abord l'architecture inhabituelle mais splendide des bâtiments qui longeaient les ruelles pavées. Les six premières maisons ressemblaient davantage à des tours qu'à de véritables habitations. Les angles de leurs murs formaient des hexagones, et leurs toitures en dôme réfléchissaient les éclats du soleil levant. Une vingtaine de fenêtres ornaient chacune d'elles, toutes alignées en une ligne spiralée qui gravissait les murs.

— Ces constructions sont-elles vraiment composées d'or? demandais-je aux conteurs.

— Pas tout à fait, m'expliqua Jaquot. Dans les premières années de la colonisation, plusieurs architectes célèbres du Drakanitt sont venus dessiner les plans des prestigieuses maisons et du premier palais. Ils adoraient l'or. Puisque cette ressource n'existait pas sur nos terres, ils ont dû se contenter de simuler la couleur dorée avec un mélange spécial de peinture.

— Il n'y a pas d'or sur le Continent-Coloré?

— Non.

Le navire approchait du quai, et les matelots lancèrent les amarres à l'équipe terrestre. Derrière moi, un jeune homme d'écurie m'apporta mon cheval noir. J'attendais justement son retour avec impatience.

— Furon!

Paul s'approcha de la bête pour la contempler. Il flatta doucement son poil au niveau du cou.

— Quelle splendide monture! On dirait presque une Taïgne-à-longue-crinière. Serait-il possible que… non, je dois certainement me méprendre.

Ne sachant pas vraiment quoi répondre, j'enroulai la gaine autour de mon poignet et j'approchai l'animal du débarcadère. Peu après, on déploya une longue passerelle, qui menait sur la surface de béton du port. Deux employés à la chevelure grisonnante la balayaient en sifflant des airs populaires.

— Ah! s'exclama Wecto. Quelle joie d'enfin remettre les bottines sur la terre ferme! À Kærine, l'ennui, nous y mettrons un terme!

— Effectivement, nous ne connaîtrons guère l'ennui dans la rude journée qui nous attend, précisa Jaquot. Il est temps de suivre le plan que nous avons méticuleusement élaboré hier.

Nous avions effectivement décidé des actions à entreprendre autour de la table du salon, juste avant de nous retirer pour la nuit. La première étape, fort simple, consistait à nous séparer pour avertir les autorités de Kærine du danger imminent. Paul, Wecto et Jaquot allaient rendre visite au capitaine de la défense du Plateau-Dorée, Sadie Canalam. Ils prétendaient tous bien la connaître. Quant à moi, je me portai volontaire pour rencontrer le duc Mathias Moranoir à sa demeure, tout près du palais. Le point de rencontre convenu se trouvait dans le hall de ce dernier bâtiment, transformé à ce jour en prestigieux hôtel fréquenté par les riches visiteurs sudistes.

— Tu sauras te débrouiller avec le plan?

J'examinai le schéma dressé par Jaquot. En me voyant faire, il ricana. Je ne l'observais guère dans le bon sens.

— Au palais à midi alors, conclut-il.

— Entendu. J'y serai.

Tous trois me saluèrent en me souhaitant bonne chance. Ils s'éloignèrent dans la ruelle ombragée qui menait au cœur de la vaste cité de Kærine.

* * *

Une seule venelle me séparait des rues encombrées de la capitale du Plateau-Doré. À l'ombre des bâtiments, la brise fraîche me hérissait les poils. De là, seul l'écho des passants, rebondissant sur les murs lisses, parvenait à mes oreilles : un effet comparable à celui produit dans une salle complètement vide de tout mobilier.

Après avoir visité Holbus et Adyn, je me disais que toutes les cités aussi vastes devaient se ressembler. Rues, pierres, passants, odeurs, bruits, tous en quantité suffisante pour donner d'étourdissants maux de tête. En tant que fille de la campagne, habituée à l'isolement et à la solitude, jamais ces endroits ne m'accueillaient commodément.

Même si je détestais ces environnements urbains, je devais me résigner à m'y aventurer une nouvelle fois. Wecto et ses amis comptaient sur moi pour faire évoluer nos démarches. Il me fallait être à la hauteur de leurs attentes. Avec mes quelques expériences dans les autres provinces, je me sentais assez confiante pour me débrouiller de façon convenable.

Alors que je m'apprêtais à marcher vers la rue principale, je commençai à examiner tous les recoins sombre de la ruelle puis, finalement, je m'arrêtai pour me concentrer. Je sentais qu'on m'épiait de vraiment très près. Au départ, je crus qu'il s'agissait d'Artis'Téming, dissimulée derrière les ombres, mais la sensation ne correspondait pas à cette personne. J'observai chaque recoin en tournant la tête, sans toutefois découvrir la moindre trace d'un espion.

Puis une silhouette obscure apparut à l'embranchement des voies. Elle marcha d'un pas lent, presque timide, dans ma direction. Sa cape sombre vacillait constamment de chaque côté de son corps. Au milieu de l'allée, elle s'immobilisa et retira le capuchon noir de son visage.

— Je savais que tu allais arriver aujourd'hui à Kærine, Alégracia. Nao'Zeel n'a pas gardé très longtemps le secret de votre rencontre.

— Riuth?

Moi qui m'attendais à un défi démesuré, soit retrouver un individu dans une des villes les plus peuplées de la province; le voilà qui se tenait devant moi. Le prince en fugue, héritier d'un pouvoir effrayant.

— Tu ne dois pas me suivre ici. Le danger te guette.

Il s'approcha en caressant l'air de sa cape cendrée. À mesure que la distance entre son corps et le mien diminuait, je me sentais enrobée par des flammes invisibles, bien chaudes et euphorisantes.

— Nao'Zeel m'a suggéré de te venir en aide, lui appris-je, à peine capable de parler sans bégayer.

— Je suis parfaitement au courant de ses désirs. Seulement, il croit que les enjeux changent subitement alors qu'ils sont restés les mêmes depuis toujours. Pourquoi donc se permettrait-il, soudainement, de me donner des alliés sans mon consentement? Ne suis-je pas capable de tenir tête à mes ennemis en me battant seul, comme je l'ai toujours fait?

— Alors tu avoues te trouver en ce lieu pour affronter quelqu'un.

Devant moi, il inclina la tête et murmura pour éviter de se faire entendre dans la rue :

— N'as-tu pas compris que je ne peux absolument rien faire d'autre? Cela semble faire partie de mon destin, de voyager de ville en ville pour y combattre le mal.

— Allons, ne parle pas ainsi. Tu me sembles attristé sur ton sort. N'est-il pas merveilleux de pouvoir venir en aide à autant de gens? De toujours être à la hauteur devant tes ennemis? De pouvoir les vaincre avec une aisance… presque frustrante?

— Alégracia, tu ne saisis pas le problème qui m'afflige réellement. Dans toute cette histoire, contrairement à toi et à tout le monde, je n'ai jamais été vraiment libre!

Riuth approcha les mains gantées de son visage et s'observa les doigts.

— Examine mon corps. Ouvre les yeux et vois de quoi je suis capable.

Il tourna lentement sur lui-même en tendant les bras des deux côtés.

— Tu remarques quelque chose de différent? Suis-je un humain normal, comme tous ceux qui peuplent le Continent-Coloré?

Ne sachant pas trop quoi répondre, je demeurai coite. Quant au prince, il cessa de bouger, hocha discrètement la tête et soupira. Il parla alors d'une voix plus détendue :

— Comme les Solarius, je ne connais pas la fatigue. Je possède également des ailes de Lumière qui, elles, ont une dureté presque infinie. Tu comprends? Mon corps est conçu pour résister à toute offense, et me permet de libérer une furie démentielle lorsqu'advient le moment idéal.

Il me regarda à nouveau dans les yeux avec un air presque affligé.

— Tu ne vois pas qu'avec les pouvoirs exceptionnels qu'on m'a conférés, je suis obligé d'en faire usage? Que de toute ma vie je ne pourrai jamais m'offrir le luxe d'oublier définitivement le rôle qu'on m'a imposé?

À mon tour, j'avançai vers lui et caressai la peau de son visage du bout de mes doigts. Je prononçai mes mots très doucement, pour l'apaiser :

— Ta peau ressemble à la mienne, à celle de tous les êtres. Pourtant, ta véritable nature est tellement différente.

Tu as une chance inouïe, Riuth, et tu ne sembles pas le réaliser. Dans ton cas, et contrairement à moi, l'hérédité t'a épargné du maléfice qui m'habite depuis toujours.

— Ange ou démon, cela importe peu. Nous restons des créatures prédisposées à offrir la mort.

— Il ne faut pas te juger aussi sévèrement. Avec nos talents, nous avons le meilleur des privilèges : celui de sauver des vies. Tu ne peux le nier.

— Ces réflexions redondent dans mon esprit de façon incessante. J'ai longtemps essayé de renverser la balance, mais je n'y parviens jamais de façon satisfaisante. Les Xayiris m'ont confié une épée, pas un bouclier.

Soudainement, nous entendîmes un groupe de gens qui arrivaient de par le port. Sans attendre un seul instant, Riuth m'entraîna de l'autre côté de l'une des tours, où une barrière de fer nous camouflait parfaitement.

— Si on m'identifie dans cette ville, il me sera impossible d'agir ce soir. Mon père me recherche depuis des années et récompensera grassement ma capture.

— Tu es venu à Kærine pour combattre ton frère, non?

Son visage redevint aussitôt grave.

— Comment es-tu au courant de sa présence? Serait-ce Nao'Zeel qui…

— Nao'Zeel ne m'a rien dévoilé à ce sujet; il m'a uniquement montré le chemin qui m'a permis de te rejoindre. Souviens-toi : je connais également Shnar, ainsi que les effets qu'a le Serpent d'Argent sur les détecteurs de magie.

Le prince hocha la tête et se calma.

— Tu es rusée. Néanmoins, tu cours un grave danger à vouloir suivre Shnar et l'ancienne arme d'Athore.

— Autant que toi et j'en suis parfaitement consciente.

Riuth sembla déconcerté par ma réponse. Je continuai donc à argumenter :

— Écoute. Le Xayiris rouge me l'a avoué. Tu as besoin de mon aide dans cette mission. Je sais me battre.

— Et moi, je sais exactement ce que désire réellement Nao'Zeel, répondit-il en maîtrisant parfaitement ses émotions. Je ne veux pas briser une promesse faite à un vieil ami.

Lentement, Riuth leva son regard et l'ancra dans le mien. Il prit une profonde inspiration pour me montrer son exaspération. Soit il me considérait comme un véritable fardeau, soit il craignait que je ne fusse pas à la hauteur des défis qui m'attendaient. Étrangement, je reconnus presque Daneruké dans son attitude.

Le prince me tourna le dos et commença à réfléchir en silence. Je n'osais le déranger pendant ce moment. Il n'aurait été nullement utile de faire l'enfant en insistant davantage sur les bienfaits de ma participation. Je décidai donc d'attendre, en lui laissant le droit de me rejeter librement.

— Je suis au service des Xayiris, après tout, avoua-t-il en hochant la tête. Je dois donc obéir à leur volonté, peu importe les conséquences.

Heureusement, son sens du devoir l'avait ramené à la raison, ou était-ce autre chose?

— Si Nao'Zeel me recommande ton assistance, qu'il en soit ainsi. Ta passion et ton courage ont dû les convaincre. Il en sera de même pour moi aussi.

— Dis-moi seulement de quelle façon je pourrai te venir en aide.

Le prince réfléchit pendant quelques secondes.

— Ce soir aura lieu le couronnement du jeune duc du Plateau-Doré…

Exactement ce que je croyais.

— Shnar en profitera pour régler des comptes avec Izmalt, complétai-je.

Riuth hocha la tête avant de poursuivre :

— Tu as vu juste. Je comptais profiter de leur hostilité pour les attaquer par surprise. Toutefois, si l'occasion se présente, je tenterai avant tout de m'emparer du Serpent d'Argent. Je devrai me montrer plus rapide que mon père dans cette tâche. Il désire posséder cette arme plus que quiconque et il n'hésitera pas à pulvériser le palais de Kærine pour se l'approprier.

— Qu'attends-tu de moi?

— Tu devras viser des objectifs similaires. Je t'avertis, toutefois : cette opération comportera des risques au-delà de tout entendement. Tu dois accepter de t'exposer à un danger mortel.

— Rassure-toi, Riuth. Je suis persuadée que Nao'Zeel ne m'aurait jamais demandé de te rejoindre s'il me croyait incapable de survivre.

À ma grande surprise, le prince se mit à sourire. Mon argument s'était avéré efficace.

— Mais avant toute chose, continuai-je, il nous reste une chance de prévenir le mal : faire en sorte que ce couronnement n'ait jamais lieu. Je pourrais jouer un rôle important dans cette affaire.

— Que veux-tu dire?

— J'ai l'intention de me rendre à la maison des Moranoir pour leur expliquer la situation. S'ils me croient, peut-être voudront-ils annuler les festivités?

— L'idée est louable. Toutefois, je doute de la réussite d'une telle entreprise. La plupart des gens ignorent l'existence du Serpent d'Argent. Personne ne réalise son véritable pouvoir entre les mains d'un homme tel que Shnar.

— J'ai une chance d'y parvenir. Je dois au moins essayer.

Après une brève réflexion, il approuva l'idée.

— Tu as raison. Tu as parfaitement raison. Conjurer ce conflit reste la plus sage des solutions possibles.

— Si j'échoue, je trouverai un moyen de m'infiltrer dans le palais. Nous gagnerons ce combat ensemble, comme celui des Collines-aux-Aurores-Pourpres!

— J'ai confiance en toi.

Riuth replaça le capuchon noir sur sa tête.

— Je ne dois pas m'attarder longtemps. Je te quitte en espérant ne pas te revoir, ce soir, à l'intérieur du palais de Kærine. Je ne devrais pas m'en faire, toutefois. La chance conférée par les Xayiris te sera favorable, à toi et à ta splendide monture. Au revoir, Aly.

— À bientôt, dis-je, juste avant que le prince ne déguerpisse silencieusement entre les tours dorées qui côtoyaient le port.

Lorsque le prince ne fut plus visible dans la ruelle, j'abaissai la tête de honte. Une pensée malsaine venait de me traverser l'esprit, mais je tentai de l'oublier immédiatement. Cette idée n'avait absolument rien de raisonnable. Elle représentait tout l'égoïsme dont je pouvais faire preuve à ce moment, et même pire encore.

J'avais espéré, pendant un bref instant, échouer dans ma mission, simplement pour augmenter mes chances de retrouver Riuth.

J'abaissai à nouveau la tête et je sortis en courant de la ruelle.

* * *

La longue rue de Kærine, encombrée de charrettes, de piétons jeunes ou vieux, de chevaux de tire et d'amuseurs publics, s'étendait de façon sinueuse sur presque toute la longueur de la ville. Des dizaines d'avenues la coupaient en tout points, formant un réseau routier systématiquement organisé en quadrillage. D'innombrables restaurants et boutiques, particulièrement dévouées à la mode, jalonnaient les trottoirs cimentés qui longeaient l'allée principale.

Comme me l'avaient expliqué les trois conteurs, l'architecture de la ville se démarquait par ses formes extravagantes et ses couleurs rappelant l'or. Un style inhabituel, qui, toutefois, me paraissait familier. Les formes des faîtages me rappelaient les courbes typiquement sudistes de la caravane de Kakimi. Les meubles visibles par les fenêtres s'apparentaient au mobilier de mon ancienne chambre. De là, je voyais toute l'influence que le Drakanitt apportait à la ville, principalement sur les structures et les meubles des commerces.

Le palais de Kærine s'élevait sur une colline éloignée. Ses dimensions ne correspondaient pas du tout au château d'Holbus. Contrairement à ce dernier, il était d'un style plutôt simple, mais toujours sudiste, et s'étendait splendidement sur toute la surface du coteau.

Tout en menant Furon par la bride, j'observai mon plan et remarquai le tracé de Jaquot. Il menait tout près des murs de cette œuvre monumentale.

Chapitre XVI

Sadie Canalam

Paul, Wecto et Jaquot marchaient vers le bâtiment-maître de la défense, endroit où les soldates passaient les nuits et où se cachait l'arsenal de l'armée. Les bureaux des officiers se trouvaient à l'étage supérieur. Un seul escalier, décoré de vitraux datant des premières colonisations, permettait d'atteindre ce niveau.

Étant des célébrités locales, les trois conteurs n'avaient eu aucune difficulté à négocier cet entretien dans le hall d'accueil, au rez-de-chaussée.

Tout en progressant lentement dans le corridor, Paul exprima une inquiétude :

— Quelqu'un de vous se souvient-il de la façon dont on salue un capitaine?

— Allons, répondit Wecto. Seuls les enrôlés doivent saluer leurs supérieurs. Nous pourrons nous présenter avec une bonne poignée de main.

— Détrompe-toi Wecto, le corrigea Jaquot. Ces manières s'appliquent au Drakanitt, particulièrement à Roc-du-Cap, mais les souvenirs des nombreuses visites chez le roi Doccène ne doivent pas nous retirer de l'esprit les mœurs de la province où nous sommes nés.

Après une courte réflexion, Paul s'essaya :

— Ne s'agit-il pas de placer notre main sur le cœur en répétant le vers : « Dresser via del Signopora ki »?

— De l'angélique? se demanda Wecto. Je ne vois pas comment ce langage aurait sa place dans une telle organisation. Effectivement, ce geste me revient à l'esprit, mais ne faut-il pas simplement se nommer au lieu de réciter des mots provenant d'un continent étranger?

— Vous êtes tous les deux partiellement dans l'erreur, avoua Jaquot. La main sur le cœur s'avère une salutation bienséante, mais l'on doit simplement dire bonjour au capitaine.

— Je suis persuadé qu'il faut parler en angélique, s'obstina Paul. Il m'est déjà arrivé de croiser des soldats, dans la rue, saluant un officier suffisamment fort pour que leur voix parvienne à mes oreilles.

— Allons Paul, contesta Wecto. Cette phrase n'a pas le moindre sens pour le simple citoyen qui ne dévoue guère sa vie à la protection d'une patrie.

Sans qu'aucun membre du groupe ne s'y attende, une femme vêtue d'une vareuse cuivrée, aux cheveux courts descendant en pointe sur son front, croisa leur chemin par un couloir perpendiculaire. Les trois conteurs la reconnurent aussitôt. Ils s'empressèrent de placer les mains sur la poitrine en récitant simultanément :

— Mon nom est Wecto!

— Dresser via del Signopora ki!

— Bien le bonjour, Capitaine!

Sadie grimaça sans trop comprendre.

— Vous désirez?

Un peu embarrassé par leur présentation ratée, Wecto prit les devants et expliqua l'intention de son groupe :

— Nous requérons audience pour dénoncer une menace qui surviendra sans doute au couronnement du dirigeant.

Après les avoir curieusement examinés de la tête aux pieds, le capitaine prononça :

— Hé! Mais je te reconnais toi… et toi, et toi aussi. N'êtes vous pas les conteurs satiriques qui m'ont imitée lors de l'un de ces spectacles, au Pilgréon, il y a trois semaines? Sachez que je me trouvais dans la salle au moment de la représentation et je n'ai pas du tout apprécié que vous vous moquiez de mes vêtements.

— Je vous l'assure : aucune malice n'a inspiré notre numéro! Seulement, ces chemises à carreaux amenaient un vent d'exotisme dans notre…

— Nous ne sommes pas venus ici pour régler des différents concernant les goûts vestimentaires, le coupa

Jaquot, mais bien pour discuter d'un sérieux problème qui pourrait mettre en péril des personnalités importantes du Continent-Coloré. Je vous prie, Capitaine, d'entendre ce que nous avons à dire.

Sadie Canalam prit une grande respiration tout en fermant les yeux d'exaspération. À voix plus basse, elle leur accorda l'entretien :

— Suivez-moi dans mon bureau. Tâchez d'être brefs et concis, pour une fois.

* * *

Confortablement assis dans des chaises neuves, Paul, Wecto et Jaquot révélèrent, pipes fumantes à la bouche, les conclusions tirées sur le bateau de croisière. Les informations affluaient et Sadie Canalam retranscrivait les points importants sur du papier à l'aide d'une longue plume noire. Grâce à l'acuité de son regard, Wecto identifia cette dernière comme étant une rectrice de Ballustra. Évidemment, il le mentionna :

— Cette longue plume, avec laquelle vous écrivez, provient-elle de la queue d'un Ballustra?

— Qu'est-ce que j'en sais, répondit-elle froidement.

Wecto, à cours de verve, remit la pipe dans sa bouche et son regard se tourna vers la fenêtre.

Le capitaine compléta ses notes, rangea ses instruments dans les tiroirs et croisa les bras sur son espace de travail.

— Nous verrons ce que nous pouvons faire.

— Quoi? lança Paul. Nous parlons d'un sérieux problème, Capitaine. Ne serait-il pas préférable d'élaborer un plan?

— Depuis quand vous prenez-vous pour des stratèges militaires? J'ai l'intention de me préparer, mais je le ferai avec mes subordonnées.

— Croyez-vous posséder suffisamment d'informations pour gérer intelligemment la situation? demanda Wecto.

Sadie reprit ses notes et les parcourut une seconde fois.

— Les détecteurs de magie vibrent dans le quartier sud-ouest, à l'opposé du palais. Nous scruterons attentivement la zone et trouverons Shnar bien avant que Riuth ne le fasse. La cité sera en sécurité entre nos mains.

Les trois conteurs s'observèrent dubitativement.

— Quelque chose à ajouter? demanda Jaquot à ses deux amis.

Ils répondirent négativement.

— Bien, reprit-il. Nous vous laissons à vos affaires en vous souhaitant du succès dans vos opérations.

— Au revoir.

Les visiteurs saluèrent le capitaine, tout en hésitant, cette fois aussi, sur les mots justes à employer. En fin de compte, ils décidèrent de se retirer en silence et refermèrent doucement la porte derrière eux.

Le capitaine entendait leur voix s'atténuer à mesure qu'ils se rapprochaient de l'escalier.

* * *

Cinq minutes plus tard, on frappa à la porte du bureau de Sadie Canalam.

— Entrez… lança-t-elle.

La poignée tourna. Une femme pénétra dans la pièce, vêtue d'indigo de la tête aux pieds. Elle portait le sigle argenté des Artis'Téming autour du majeur droit.

— Viko, te voilà! J'attendais impatiemment ton retour. Assieds-toi.

La jeune prédatrice prit place au centre, sur un siège encore chaud.

— Les Kajuvârs s'amènent en ville, annonça-t-elle d'un ton inquiétant. J'en ai repéré six sur le traversier en partance d'Adyn. Rien d'alarmant, toutefois, pour la plupart.

— Quelle concentration dans leur sang?

— Entre huitième et pur-sang, je ne saurais dire précisément.

— Viennent-ils porter assistance à la Guilde du Simulacre?

— Allons, les démons ne sont pas assez stupides pour se ranger avec ceux qui œuvrent conjointement avec le Kefcheth Heina Lenapoo. Je crois, au contraire, qu'ils empruntent cette voie pour atteindre la rébellion.

Après que Viko eût prononcé ces mots, Sadie se leva, ouvrit le tiroir supérieur de son scriban et y retira deux feuilles de papier jauni. Elle les déposa sur son bureau. Il s'agissait des avis de recherche concernant Shnar et Riuth, déployés par la couronne d'Holbus depuis plusieurs mois.

— Ce soir sera le grand soir, prononça Viko dans un soupir. Oublions les recherches et laissons-les se réunir. Avec de la chance, nous pourrions tuer père et fils en même temps. Ainsi, tout sera enfin terminé…

...ici s'achève la première partie d'*Alégracia et les Xayiris.*

Originellement, ce roman devait se présenter en un tome, intitulé simplement *« Alégracia et les Xayiris »*. Mais les merveilles angéliques et démoniaques du Continent-Coloré abondent. La trame du récit d'Alégracia, à l'image de sa croissance vers la vie adulte, se complexifie. Les pages de son histoire s'accumulent, devenant une saga qui ne peut pas respirer en un étroit volume.

Ainsi, Alégracia vous invite à la retrouver pour la suite de son périple dans *« Alégracia et les Xayiris, Volume II »*.

Visions alternatives de Kazz

No1 — Un tir de fusil retentit en écho entre les parois de roc qui les entouraient. Aussitôt, la balle traversa le cou du lieutenant ; du sang épais lui gicla au visage. Le colosse, tout en appuyant la main sur la plaie, toussa deux fois avant de s'écrouler au sol.

No2 — Un tir de fusil retentit en écho entre les parois de roc qui les entouraient. Aussitôt, le lieutenant fléchit par derrière pour éviter la balle. Le projectile siffla près de son visage ; il fut raté de justesse.

No3 — Un tir de fusil retentit en écho entre les parois de roc qui les entouraient. Aussitôt, le lieutenant Kazz tendit obliquement le bras devant lui ; le projectile heurta l'épais métal de son armure et dévia droit sur la falaise.

No4 — Un tir de fusil retentit en écho entre les parois de roc qui les entouraient. Aussitôt, le lieutenant Kazz tendit obliquement le bras devant lui ; le projectile heurta l'épais métal de son armure et dévia droit sur le sol, aux pieds d'Alégracia.

No5 — Un tir de fusil retentit en écho entre les parois de roc qui les entouraient. Aussitôt, le lieutenant Kazz tendit obliquement le bras devant lui ; le projectile heurta l'épais métal de son armure et dévia droit sur celle d'Alégracia. Grâce à sa protection, elle ne subit aucune blessure.

No6 — Un tir de fusil retentit en écho entre les parois de roc qui les entouraient. Aussitôt, le lieutenant Kazz tendit obliquement le bras devant lui ; le projectile heurta l'épais métal de son armure et dévia sur un rocher éloigné.

No7 — Un tir de fusil retentit en écho entre les parois de roc qui les entouraient. Aussitôt, le lieutenant Kazz tendit obliquement le bras devant lui ; le projectile heurta l'épais métal de son armure et dévia droit dans le cœur d'Alégracia. Cette dernière mourut instantanément sous l'impact.

No8 — Un tir de fusil retentit en écho entre les parois de roc qui les entouraient. Aussitôt, le lieutenant Kazz tendit obliquement le bras devant lui ; le projectile heurta l'épais métal de son armure et dévia droit dans l'épaule de Riuth. Le prince poussa un cri de stupéfaction, mais exorcisa aussitôt sa douleur pour rester debout.

Retournez à la page 190.

Notice biographique

de Dominic Bellavance

Dominic Bellavance, né en 1982, est issu des vertes collines de la Beauce. Passionné par la création d'univers fantastiques, il publie son premier roman à l'âge de 23 ans seulement et, depuis ce temps, n'a jamais cessé d'écrire. Diplômé en Techniques d'intégration multimédia au Cégep de Sainte-Foy, il étudie maintenant à l'Université Laval en création littéraire. *Alégracia et les Xayiris* est son deuxième roman publié. Son tout premier, *Alégracia et le Serpent d'Argent,* fait présentement son passage vers la langue anglaise, sous le titre *Alégracia and the Silver Serpent.*

En plus de l'écriture, Dominic Bellavance pratique toujours l'illustration digitale et la création de sites Internet. On peut contempler ses œuvres sur le site officiel de la trilogie, à l'adresse suivante :

http://www.alegracia.com

Photographie : *Studio Imagicom François Laliberté*